図書館版

NHK

100分de名著 読書の学校

齋藤孝 特別授業

銀の匙《さじ》

中勘助

図書館版 NHK 100分de名著 読書の学校

齋藤孝 Saito Takashi 特別授業『銀の匙』

もくじ

はじめに――文学の力、読書の力

読書には、特別な力がある。

私はそう確信しています。本は読んでも読まなくてもいいものではなく、読まなければならないものだと断言したい。私自身、これまでの多くの読書経験によって思考力が培《つちか》われたという実感があります。そして、本を読むことは誰《だれ》にとっても自己形成の最良の方法でもあるのです。

本といっても様々で、諸学問や文学、推理小説や娯楽本《ごらく》、自己啓発本《けいはつ》などもあります。単行本は大きくて、小学生にも読みやすいものですが、私が中学生以上におすすめしたいのは文庫本です。文庫本には文学作品が多く、持ち歩いてちょっとした時間に本を読む習慣をつけるには最適です。読書の習慣がないという方は、ぜひ文庫本から読み始めることをおすすめします。

本を読むという行為《こうい》は、慣れるまでとても疲《つか》れるものです。精神的なエネルギーが必要です。

私も本格的に本を読み始めた中学生の頃《ころ》は、数ページ読んでは休み、あと何ページで終わるかを数えながら読んでいました。長く難解な文章だと眠《ねむ》くなってしまうので、星新一《ほししんいち》さんの作品など、読みやすくオチのある短編をよく読みました。

今回、特別授業として読み進める『銀《ぎん》の匙《さじ》』は、明治末期から大正時代にかけて中勘助《なかかんすけ》が書いた自伝的小説で、文庫本で読める素晴らしい文学です。細かく章立てされており、それぞれが二、三ページで読みきることができます。

主人公の「私」が生まれてから一七歳《さい》までの時間経過はつながっていても、一つひとつの出来事は独立しています。それぞれが一つの体験世界としてひとまとまりになっているので、その都度《つど》中勘助の子供の頃《ころ》の世界に入っていくことができます。

さらに中勘助は、経験を「五感」を通してリアルに描写《びょうしゃ》しています。周りの状況《じょうきょう》や心の揺《ゆ》れ動きが細やかに描《えが》かれており、ほんの一行読むだけで、読者も子供の頃《ころ》の様々な記憶《きおく》を刺激《しげき》され、呼び起こされます。中学生にも読み進めやすい作品だと言えるでしょう。

授業を共にする筑波《つくば》大学附属《ふぞく》中学校の生徒のみなさんには、授業の前に『銀の匙』を各自で読んでおいてもらいました。一年生から三年生まで、子供から大人になる途中《とちゅう》の一五人です。『銀の匙』の主人公「私」に重なる時期もあり、幼い頃《ころ》の記憶《きおく》もまださほど遠のいていない年代です。

そのことをふまえ、授業を始める前に、私はまずこのような質問を投げかけました。

「この小説を読んで、ピンときた方は拍手《はくしゅ》をしてください」

その結果、手を叩《たた》いたのは私だけでした。出会ってすぐの質問でしたので緊張《きんちょう》もあったのかもしれませんが、これが彼《かれ》らの正直な反応だったようです。

この小説を自分なりに読んでみたときはあまり「ピンとこなかった」のでしょう。しかし、それぞれが抱《いだ》いた疑問や質問を私にたくさん投げかけてくれました。興味を持って授業に臨《のぞ》んでいることがよく伝わってきました。

『銀の匙』には明治時代の様子が描《えが》かれています。表面的な出来事だけを見ると、今、子供たちが生きている世界とは随分違《ずいぶんちが》います。当時の遊びや言葉、生活がイメージしづらいのは無理もありません。

しかし、中勘助が描《えが》く「私」の心の動きに、自分の子供時代を重ね合わせるようにして一緒《いっしょ》に読み進めていくと、みなさんの表情がみるみる輝《かがや》き始めました。この授業を通して、きっとピンときたのだと思います。それは、この授業の後に書いてくれた感想にも表れています

（一二六ページ以降を参照）。

たしかに文学の世界は、どんな物語でも表面的には共感しづらい内容が多いかもしれません。

たとえば世界一有名な小説、ドストエフスキーの『罪と罰《ばつ》』では、主人公の元大学生ラスコーリニコフが、自分を正当化して金貸しの老婆《ろうば》とその妹を殺してしまいます。そして、ソーニャという女性に告白し、自分の罪に向き合うという話です。

実際に人を殺すことはありませんので、表面的には共感できないとしても、ラスコーリニコフという青年の世の中に対する鬱屈《うっくつ》した感情には、共感することができるかもしれません。こんなに自分は優秀《ゆうしゅう》なのに、評価されていないのは世の中が悪い。自分は本来ナポレオンのような人間である。ナポレオンに許されることなら自分にも許されるはずだ。そのような自意識の肥大化《ひだいか》は青年期によくあることです。

出来事として全く同じ体験をしていなくても、もう少し深いところのメンタリティや心のあり方には共通する部分を見つけられるのです。

シェイクスピアの『ハムレット』からも同じことが言えます。物語に出てくるような父の亡《ぼう》霊《れい》に悩《なや》まされる人はなかなかいませんが、青年期に、「To be, or not to be, that is the question.」というように、「そうであるべきか、そうでないべきか」「生か死か」などと悩《なや》むことは大いにあるでしょう。

こうした文学作品を読んで、「ラスコーリニコフやハムレットは、まるで自分のようだ」と、二〇代の頃《ころ》の私は思ったものです。

また、文学を読むことで、自分の世界観や価値観が形成され、自分自身の世界を築《きず》いていくことができます。

自己は固定的なものではありません。思考を止めることなく、他者をどんどん受け入れるように、読書の幅《はば》を広げ、重層《じゅうそう》的に教養を深めることで、アイデンティティは積み重なっていきます。さらに、幅《はば》広い読書は総合的な判断を助けます。矛盾《むじゅん》するいくつかの複雑な関係を心の中に共存させることで、私たちは自己をたくましくレベルアップさせることができるのです。

私はこの授業で、『銀の匙』を読むだけでなく、文学を読む楽しさをお伝えしたいと思います。

そしてさらに、本を読んでもすぐに内容を忘れてしまう人のために、そうならない方法をお伝えします。本を読んだらすぐに、心に強く残った印象的な言葉を引用して、読んだ本の内容を生き生きと誰《だれ》かに話すことが重要です。人に話すと、その内容はしっかりと記憶《きおく》に刻み込《こ》まれます。そして、その本の魅力《みりょく》を語るうちに、自分自身がますます盛り上がり、その作品が自分にとって特別なものになっていきます。

この特別授業で、私は『銀の匙』について熱く語ります。授業を受けた生徒たちや、この本を読んだあなたはきっと誰《だれ》かに、『銀の匙』の魅力《みりょく》について、読書の魅力《みりょく》について語りたくなるはずです。

さあ、授業を始めましょう。

齋藤《さいとう》　孝《たかし》

第1講

「体験」をもとに作品を味わう

なぜタイトルは『銀《ぎん》の匙《さじ》』なのか

『銀の匙』は、作者である中勘助《なかかんすけ》の自伝的な小説です。

大人になった主人公の「私」が、幼い頃《ころ》に母から譲《ゆず》り受けた銀の匙について思い返すところからこの物語は始まります。

書斎《しょさい》の本箱の抽匣《ひきだし》にしまっておいたお気に入りの小箱。その中には子安貝《こやすがい》*や椿《つばき》の実など、子供の頃《ころ》に遊んでいた小さな宝物がたくさん入っていました。その一つに、「かつて忘れたことはない」珍《めずら》しい形の銀の小匙もありました。

この『銀の匙』というタイトルについて、特別授業に参加してくれたみなさんから質問がいくつも寄せられました。

――なぜ中勘助さんは、銀の匙に着目したのですか。

――どうして『銀の匙』というタイトルなのですか。

――銀の匙は冒頭《ぼうとう》にしか登場しないのに、なぜそれを題名にしたのですか。

＊子安貝
タカラガイ科に属する巻貝の俗《ぞく》称《しょう》。貝殻《かいがら》は卵形で光沢《こうたく》がある。大形、黒色で背面に淡色《たんしょく》の斑紋《はんもん》のある種類は、古くから安産のお守りとされた。

さて、なぜでしょうか。タイトルがついた理由を問うというのは、現代国語の授業でもよくある設問です。『銀の匙』では、その謎《なぞ》を解明するために、二つ、知っておきたいことがあります。

一つは、銀の匙とは何を意味するのかという知識です。イギリスなど西洋の裕福《ゆうふく》な家庭では、赤ちゃんの洗礼の際に銀製のスプーンを贈《おく》っていました。それは恵《めぐ》まれた家庭の子の象徴《しょうちょう》でもありました。

また、将来お金に困らないようにとの願いを込《こ》め、出産祝いなどに銀のスプーンを作るという慣習もあります。つまり、銀の匙を譲《ゆず》り受けた「私」は、恵《めぐ》まれた家庭で大事に育てられたことがわかります。

難産《なんざん》で生まれた「私」は病弱で、「伯母《おば》さん」によく銀の匙で薬を飲ませてもらっていました。母の産後のひだちが悪く人手も足りなかったため、「私」は同居していた伯母《おば》さんの手で育てられ、とても可愛《かわい》がられます。

さらに、もう一つ。銀の匙が文学上のある仕掛《しか》けとして使われていることも、この作品では見逃《みのが》すことができません。

マルセル・プルースト*の長編小説『失われた時を求めて』に、似たような仕掛《しか》けがあります。主人公が紅茶に浸《ひた》したプチット・マドレーヌの一切れを口にした瞬間《しゅんかん》、子供の頃《ころ》の記憶《きおく》が鮮《あざ》やかに蘇《よみがえ》り、当時の体験を語り始める。この仕掛《しか》けと同様に、銀の匙は「私」が子供時代を思い返すスイッチとして使われています。

あの銀の匙の形、手触《てざわ》り、重さ。そうしたことを見たり、思い浮《う》かべたりするだけで、中勘助は子供の頃《ころ》の記憶《きおく》が呼び戻《もど》されるのです。

匂《にお》いや手触《てざわ》りといった「五感」を通した体験の記憶《きおく》は、普段《ふだん》は霞《かすみ》がかかったようにぼんやりとしていますが、あるきっかけによって鮮《あざ》やかに思い出されることがあります。

ああ、そういえば、あれはこんな匂《にお》いだった。こんな手触《てざわ》りだった。こんな模様で、こんな音が聞こえて、こんな気持ちになった——。

様々なことが、五感を伴《ともな》って絵巻物のように次々と引き出され、あふれ出てしまう。みなさんにもきっと、そんな体験があるのではないでしょうか。

この作品は、銀の匙によってスイッチを入れることで、「私」の子供時代の体験を

***マルセル・プルースト**

一八七一〜一九二二。フランスの作家。パリ郊外《こうがい》のオートゥイユ（現・パリ市）生まれ。代表作『失われた時を求めて』は子供の頃《ころ》の記憶《きおく》、家族との思い出や祖母の死、社交界や恋愛《れんあい》を巡《めぐ》る人間模様などのテーマが一人称《にんしょう》で語られる。書きためた二十数冊の手帳を資料に一五年近く書き続け、出版を待たずに倒《たお》れた。長さはフランス語の原文で三〇〇〇ページ以上。

思い返し、言語化し、あまり抽象《ちゅうしょう》化せず丁寧《ていねい》に記述する、という方法で記されています。

一つの出来事を「五感」を働かせて捉《とら》え、場面ごとに構成してつなぎ合わせていることが、この小説の特筆すべきスタイルでしょう。

作者の体験に寄り添《そ》って読む

文学を読むというのはどのような行為《こうい》で、私たちの中でどのようなことが行われているか、みなさんは考えたことがありますか。

ここで、『銀の匙』を使って、少し分析《ぶんせき》してみましょう。

まず、本の作者である中勘助の子供時代の体験があります。その子供時代の体験を、今（執筆《しっぴつ》当時）の中勘助が思い出して言語化し、体験世界を言語の世界に置き換《か》え、紡《つむ》いだものが小説『銀の匙』です。そして、読者であるみなさんは、この『銀の匙』という作品に書かれた言語の世界を読み取り、中勘助の子供時代の体験世界をイメージします。

読書をするよりも体験することが大事だという人もいますが、私は、読書をすることと体験することは矛盾《むじゅん》しないと考えています。

むしろ、読書によって新たな体験をする動機を得ることがありますし、それ以上に、今まで自分の中で言葉にならなかった体験の意味を再確認できることは特筆すべきことでしょう。

そしてまた、その作者の体験に寄り添《そ》い、思考の世界に深く入り込《こ》んで読むことで、読者にとっては読書自体が新鮮《しんせん》な体験になることもあります。

読者はもちろん、作者と全く同じ体験をしていることはありませんから、文章を読みながら「こんな感じだろう」と推測《すいそく》してイメージすることしかできません。

そのイメージは当然、中勘助の子供時代の体験世界と多少のズレが生じます。しかし、そこから先は読者の自由です。あなたがイメージしたものは、少しくらい作者の体験と違《ちが》っても構わないのです。つまり、その場合には自身の体験を深めるための積み重ねとして役立てればよいのです。

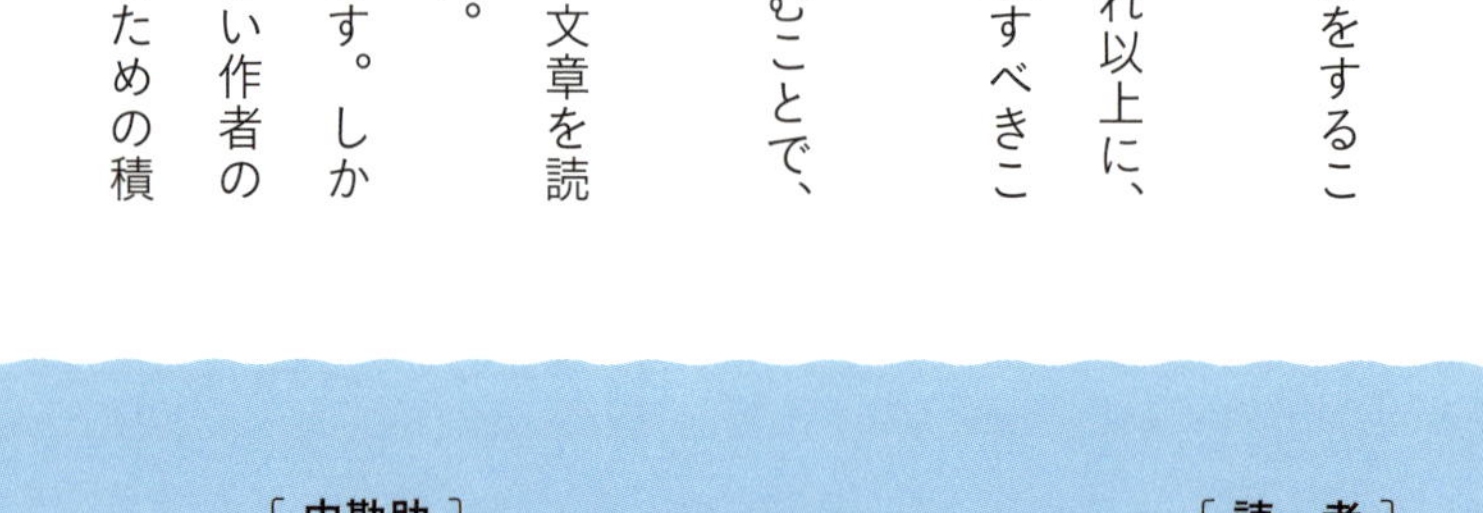

「イメージ」にこそ価値がある

たとえば、みなさんがとても絵が上手《じょうず》で、頭の中でイメージしたことが即座《そくざ》に描《えが》けるとしたら、この小説を読みながら何枚も絵を描《か》くことになります。そして、当然のことながらそれは一人ひとり違《ちが》います。

では、次の場面を読んだ時、あなたはどんな絵を描《か》くでしょうか。

天気のいい日には伯母《おば》さんはアラビアンナイトの化けもの*みたいに背中にくっついてる私を背負いだして年よりの足のつづくかぎり気にいりそうなところをつれてあるく。じき裏の路地の奥《おく》に蓬莱豆《ほうらいまめ》*をこしらえる家があって倶梨迦羅《くりから》紋《もん》紋《もん》*の男たちが犢鼻褌《ふんどし》ひとつの向う鉢巻《はちまき》で唄《うた》をうたいながら豆を煎《い》ってたが、そこは鬼《おに》みたいな男たちが怖《こわ》いのと、がらがらいう音が頭の心《しん》へひびくのとで嫌《きら》いであった。私はもしそうしたいやなところへつれて行かれればじきにべそをかいて体をねじくる。そうして行きたいほうへ黙《だま》って指さしをする。そうすると伯母《おば》さ

＊アラビアンナイトの化けもの
『千夜一夜物語』第三〇七夜で、シンドバッドの肩《かた》の上にしがみつき、彼《かれ》を苦しめた老人の化けもの。

＊蓬莱豆
煎《い》った豆に砂糖の衣をつけ、紅白に着色した菓子《かし》。

＊倶梨迦羅紋紋
不動明王《ふどうみょうおう》の変化身・倶梨迦羅龍《くりからりゅう》王《おう》が描《えが》かれた刺青《いれずみ》。龍王が炎《ほのお》の中で剣《けん》を飲み込《こ》んでいる絵が特《とく》徴《ちょう》。

んはよく化けものの気もちをのみこんで間違《まちが》いなく思うほうへつれていってくれた。（前篇五）

「アラビアンナイトの化けものみたいに背中にくっついてる私」と読んで、ああそうですか、と何もイメージしなかったとしたら、本を読んでいるとは言えません。こんなに面白い部分を読み飛ばしてしまうとはもったいない。

「私」は、ほとんど伯母《おば》さんの背中にしがみついて散歩をしています。さらに、いやなところへ連れて行かれればすぐに泣いて体をよじるのです。そして、しがみついたまま声も出さずに指令を出す。まさしく伯母《おば》さんに取りついた「化けもの」のようですね。

それなのに、伯母《おば》さんはそんな「化けもの」の気持ちを汲《く》み取って行動してくれます。このコンビは最高ですね。「私」の甘《あま》え方も、伯母《おば》さんの甘《あま》やかし方も半端《はんぱ》ではありません。

さあ、みなさんの頭の中にはどんなイメージが浮《う》かびましたか。あなたが映画にするとしたら、「私」や「伯母《おば》さん」はどんな人物設定になるでしょうか。どんな様子で歩いているのでしょうか。

読者は、中勘助のほんの数行の文章によって、何時間もかけてイメージを描《えが》く楽しみを与《あた》えられます。そこには一人ひとり、自由な想像力を働かせる余地が残されています。

では、これが実際に映画化もしくはアニメ化されたらどうでしょう。天才的なクリエイターが監督《かんとく》を引き受け、映像がどんなに素晴らしく仕上がったとしても、みなさんが自由にイメージする機会は奪《うば》われることになります。その作品を見た途端《とたん》、あなたが思い描《えが》くはずだった、あなただけのイメージは排除《はいじょ》されてしまうのです。

私たちが文学に求めているものは、映画やアニメーションに求めているものとは大きく異なります。「自分の頭の中で起こる想像の世界にこそ価値がある」という考えのもとに、私たちは文学を読むのです。

たった一行なのにその様子をイメージしたくなる。そのイメージで心が動き、爆《ばく》笑《しょう》できる、悲しくなる、切なくなる、温かい気持ちになる。こうした文学の力に目

覚めると、全ての文章がきらびやかに輝《かがや》き始めます。

今、『銀の匙』を読む楽しさ

この作品は、前篇が大正元（一九一二）年、後篇が大正三（一九一四）年に執筆《しっぴつ》されました。

中勘助は明治一八（一八八五）年生まれですから、描《えが》かれているのは明治二〇年代の子供の体験世界です。その時代ならではの描写《びょうしゃ》も多く、当時の貴重な記録でもあります。若い読者には少しイメージしづらい言葉や表現もあるでしょう。もしそうであるならば、わからないことについて一つひとつ細かく調べて読み込《こ》んでいくこともできます。

旧制灘《なだ》中学当時から五〇年間、国語教師として勤務していた橋本武《はしもとたけし》*さんは、戦後、『銀の匙』を読み尽《つ》くす授業を長年にわたり実践《じっせん》しました。それは三年間、生徒たちが主人公となり、中勘助の見聞《けんぶん》や感情を追体験していく授業でした。この授業が始まっ

＊橋本武
一九一二～二〇一三。国語教師、元灘校（私立灘中学校、高等学校）教頭。二一歳《さい》から五〇年間教壇《きょうだん》に立つ。一九八四年、七一歳《さい》で退職。著書に『橋本式国語勉強法』『〈銀の匙〉の国語授業』（共に岩波ジュニア新書）『伝説の灘校教師が教える 一生役立つ学ぶ力』（日本実業出版社）など。

た頃《ころ》から、公立校のすべり止めに過ぎなかった灘校は東大合格者を多数輩出《はいしゅつ》する名門校になっていきます。

さすがに一般的《いっぱんてき》には、三年をかけて読むことは現実的ではないかもしれませんが、わからないことや知りたいことが出てきたら、調べる楽しさもあるでしょう。

インターネットが普及《ふきゅう》した現代では、わからない言葉をその都度《つど》スマホやタブレットで調べるとさらに楽しめます。「倶梨迦羅紋紋《くりからもんもん》」がわからなければ、注釈《ちゅうしゃく》を読むだけでなく、画像検索《けんさく》してみればよいのです。画像はすぐに見つかります。「なるほど、こんな人たちが豆を煎《い》っていたのか」とわかると、それは怖《こわ》いはずだと納得できる。

海ほおずきの鳴らし方が知りたければ動画検索《けんさく》してみればよいのです。実際の音を聞くことができます。今だからこそ、むしろ深読みが可能になるのです。

自分の体験をもとに読む

しかし、『銀の匙』の楽しみ方はそれだけに留まりません。

中勘助は、体験を「五感」を通してリアルに描写《びょうしゃ》していますから、そのとき周りにあったものを感じとり、心の揺《ゆ》れ動きを克明《こくめい》に味わうことができます。私たちは多少わからない言葉やピンとこない出来事に行き当たっても、自身の子供の頃《ころ》の体験やその時の感覚を思い出すことができるのです。

例えば、この小説で描《えが》かれている「私」の子供の頃《ころ》の遊びを見てみましょう。「私」は加藤清正《かとうきよまさ》*、伯母《おば》さんは四王天但馬守《しおうてんたじまのかみ》*になって山崎合戦《やまさきかっせん》*の場面を再現し、武将ごっこをする。これは、若い人にはまるでピンとこないけれども、七〇代以上の方には、「ああ、子供の頃《ころ》にやった、やった」という懐《なつ》かしい遊びでしょう。縁日《えんにち》の夜店《よみせ》で海ほおずきを買ってもらい、大切に手に握《にぎ》って帰るという体験や、上手く鳴らずに悔《くや》しがる思い出などについても、同じことが言えます。

山崎合戦《やまさきかっせん》の武将ごっこがわからない若い読者でも、戦隊ヒーローごっこは思い出すことができるでしょう。ほおずき屋を見たことがなくても、駄菓子《だがし》屋のフエラムネを一生懸命《いっしょうけんめい》鳴らしたことはあるかもしれません。

私自身は、縁日《えんにち》の場面を読んでいる時、ふとニッキ*の味を思い出しました。静岡《しずおか》市

＊加藤清正
一五六二〜一六一一。安土桃《あづちもも》山《やま》、江戸《えど》時代初期の武将、大名。通称《つうしょう》は虎之助《とらのすけ》。尾張国愛智郡《おわりのくにあいちぐん》（現・名古屋市）生まれ。豊臣《とよとみ》秀吉《ひでよし》に仕《つか》え、賤ケ岳《しずがたけ》の七本槍の一人。小牧《こまき》・長久手《ながくて》の戦い、九州征伐《せいばつ》などに従軍。一五八八年、肥後半国一九万五〇〇〇石を与《あた》えられ、熊本《くまもと》城主となる。関ケ原の戦いでは東軍（徳川家康側）に属し、九州の西軍勢力と戦った。

＊四王天但馬守
?〜一五八二。四王天政孝《まさたか》。但《たじ》馬守《まのかみ》は通称《つうしょう》。戦国、安土桃山《あづちももやま》時代の武将、大名。明智光秀《あけちみつひで》の家臣。山崎合戦《やまさきかっせん》で加藤清正《かとうきよまさ》に討たれる。薙刀《なぎなた》の達人で身長一八〇センチメートルを超《こ》える巨漢《きょかん》だったという。

に生まれ育ったので、子供の頃《ころ》は四月はじめの静岡《しずおか》まつりをとても楽しみにしていました。そこで毎年、必ず食べたニッキの味です。

これは、中勘助の体験とは一致《いっち》しません。しかし、『銀の匙』を読むことがきっかけとなり、スイッチを押《お》され、自分の体験を入れておいた壺《つぼ》の蓋《ふた》があちこちで開き、子供時代の感覚が蘇ってきたのです（次のページの図を参照）。

久しぶりに思い出したのはニッキの味だけではありません。私も子供の頃《ころ》には一〇人近いおばさんに囲まれ、可愛がられて育ちました。常に、「たかちゃんは本当にいい子だねえ」と言われて育った。ですから「私」が「伯母《おば》さん」に甘《あま》やかされている感じがよくわかります。

ほかにも、神輿《みこし》を見ていたときの雰囲気《ふんいき》、小さい頃《ころ》に好きだった女の子のこと、胸を締《し》め付けられる思い、そうした意識下に眠《ねむ》っていたことが次々に蘇《よみがえ》ってくる。一行読むだけで自分の中で様々なことが起こり、なかなか読み進めることができなくなるほどです。

つまり文学は、どれだけ速く読めたかを競《きそ》っても意味がないのです。もしそんな人

＊山崎合戦

一五八二年六月一三日、山城国（現・京都府南部）山崎《やまさき》村で行われた明智光秀《あけちみつひで》と豊臣秀吉《とよとみひでよし》の戦い。同年六月二日に本能寺で光秀《みつひで》が織田信長を討つと、秀吉《ひでよし》軍は備中《びっちゅう》高松城の攻防戦《こうぼうせん》から引き返した。天王山《てんのうざん》で戦端《せんたん》が開かれたため天王山の戦いとも呼ばれる。

＊ニッキ

シナニッケイという木が原料の香辛料《こうしんりょう》。ニッキを使った有名な菓子《かし》に八ツ橋、ニッキ飴など。同じ香《かお》りのシナモンはセイロンニッケイが原料。

がいるなら、「速く読むだけ損ですよ」と教えてあげたい。

文学にパッケージされているのは情報ではありません。もしこれが新聞なら、選挙やスポーツの結果、世界情勢など、できるだけ素早く情報を読み取って把握《はあく》する「速読」も必要です。しかも、全ての読者がほぼ同じ内容を読み取ることができなければ情報として価値がありません。

文学を読む楽しみは、作者の体験に寄り添《そ》い、作品の世界へゆっくりと深く入り込《こ》み、その世界を共有することにあります。さらに、そこに自分自身を関わらせて味わって読むことにあります。その本を読んだ人の数だけ、読書体験があるのです。

体験を言葉にするということ

一般的《いっぱん》に、子供の頃《ころ》の体験や記憶《きおく》は徐々《じょじょ》に忘れてしまいます。霞《かすみ》がかかってくるものです。「なんか面白いことがあったなあ。何だっけ」などと、ぼんやりとしか思い返せない人には、『銀の匙』のような小説は書けません。

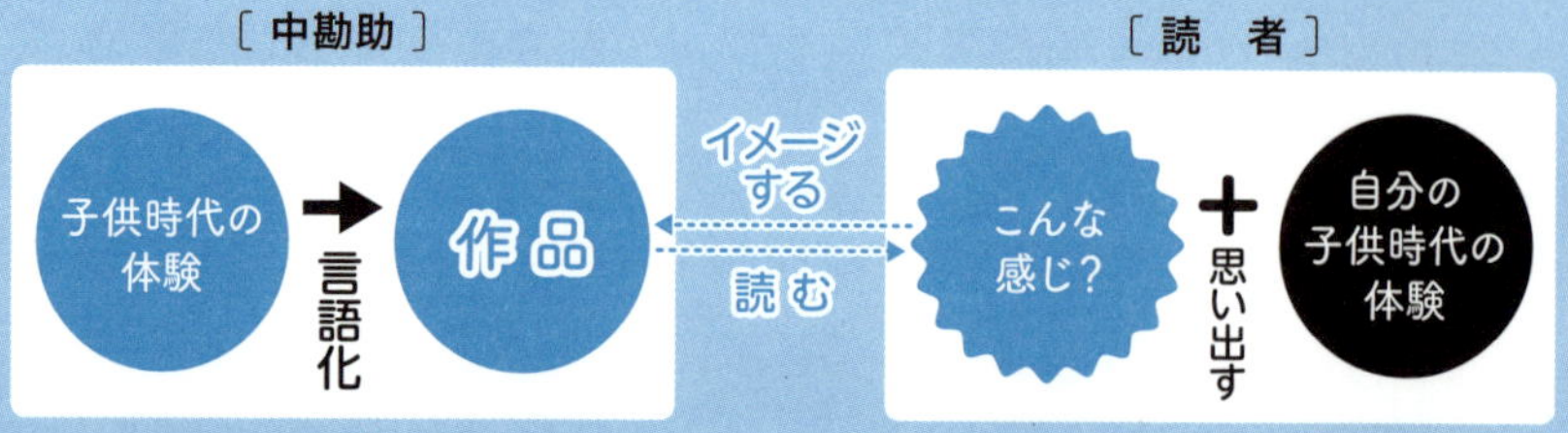

少し戻《もど》って、冒頭《ぼうとう》を読んでみましょう。

私の書斎《しょさい》のいろいろながらくた物などいれた本箱の抽匣《ひきだし》に昔からひとつの小箱がしまってある。それはコルク質の木で、板の合せめごとに牡丹《ぼたん》の花の模様のついた絵紙をはってあるが、もとは舶来《はくらい》の粉煙草《こなたばこ》でもはいってたものらしい。なにもとりたてて美しいのではないけれど、木の色合がくすんで手触《てざわ》りの柔《やわらか》いこと、蓋《ふた》をするとき　ぱん　とふっくらした音のすることなどのために今でもお気にいりの物のひとつになっている。（前篇　一）

書斎《しょさい》に何があるのか。どんな模様の箱だったのか。色はどうだったか。その感触《かんしょく》はどんなものだったのか。閉めた時、どんな音がしたのか。この作品は全編を通してとても細やかに、その場の状況《じょうきょう》や体験が描写《びょうしゃ》されています。

「コルク質の木」というのはワインのコルク栓《せん》を思い浮《う》かべると、よくわかります。ボトルを逆さにしても液体は出ませんが、かすかに空気を通すことができます。完全な密閉《みっぺい》ではないため、ワインが呼吸できるようになっているのです。

するとこの文章からは自分の過去と現在が、「コルク質の木」を通してつながるようなイメージも伝わってきます。

そして、手触《てざわ》りは柔《やわ》らかく、蓋《ふた》をすると「ぱん」という「ふっくらした音」がする。音がふっくらするとは珍《めずら》しい表現です。

「パン」でも「パーン」でも「パフン」でもなく、ひらがなで、「ぱん」。みなさんも口に出して言ってみると、その箱がどんなものか、より具体的にイメージできるはずです。読者がこのように楽しむためには、作者はその時の経験を、丁寧《ていねい》に、丁寧《ていねい》に記述しなければなりません。

遠い過去を言葉にするというのは、一度意識の奥深《おくふか》く、いわば意識の深海に潜《もぐ》り込《こ》み、その水底から宝石を摑《つか》み取り、そこから言葉を取り出す作業です。記憶《きおく》や意識の底に沈潜《ちんせん》することができないと、宝石を持ってくることはできません。

こうした子供時代の生活世界の何気ない描写《びょうしゃ》を、すらすらと読める形で書き記せる中勘助は、大変な記憶力《きおくりょく》と精神エネルギーの持ち主だと言えます。

さて一方で、みなさんは自分の過去の体験を、このように言葉にすることができるでしょうか。もしできるとすれば、きっと小説家になれるでしょう。あなたの『銀の匙』が書けるかもしれない。アニメの『ちびまる子ちゃん』は、さくらももこさんが子供時代の思い出を漫画《まんが》にしたものが原作です。子供時代の記憶《きおく》を絵に描《か》くことができれば、画家や漫画《まんが》家になれるかもしれません。

しかし、それは簡単なことではありません。遠い子供時代は霞《かす》んでしまっているため詳細《しょうさい》に思い出すことさえ大人にとっては難しく、体験を文章にすることも難しい。その難しさを厭《いと》わずにとことんやりきっているのが、この小説の素晴らしいところです。

中勘助の『銀の匙』を読んで、夏目漱石《なつめそうせき》もそのことを絶賛しました。漱石《そうせき》は、東京朝日新聞（現・朝日新聞）の学芸部長に、「珍《めず》らしさと品格の具《そな》わりたる文章と夫《それ》から純粋《じゅんすい》な書き振《ぶり》とにて優に朝日で紹介《しょうかい》してやる価値ありと信じ候」と手紙で書きました。

新聞に連載《れんさい》が決まり、世間にも評価されるようになりました。多くの読者は中勘助

の子供時代に触《ふ》れ、自分の子供時代が懐《なつ》かしく思い出されて胸が締《し》め付けられたのです。私自身もそんな体験をしながらこの作品を読みました。

子供時代はなぜ輝《かがや》いていたのか

ここで少し、『銀の匙』をきっかけにして、みなさんの過去の体験を振《ふ》り返ってみましょう。

幼い頃《ころ》の「私」にとって、家の外の風景は、ほとんどが伯母《おば》さんの背中から見た風景です。他の子供たちとは少しちがう視点で見ていることがわかります。

みなさんは子供の頃《ころ》、誰《だれ》かにおんぶされた時のことを覚えているでしょうか。何か思い出せることはありますか。

――自分がいつも見ている風景とは高さが違《ちが》うのが楽しかったことを覚えてます。立っていると見えないけど、おんぶしてもらうと電車の窓の外が見えました。

なるほど、電車の中でおんぶされていたことが印象に残っていると。具体的な場面や、そこから自分が見ていた景色を思い出しますね。幼い頃《ころ》におんぶされていた時に見た風景というのは、普段《ふだん》忘れて生活していますが、こうして何かきっかけがあると思い返すことができます。

『銀の匙』には他にも、読者が子供の頃《ころ》を思い出さずにはいられないものがいくつも出てきます。

伯母《おば》さんは、はずかしがりやの「私」と一緒《いっしょ》に遊んでくれる仲間も一生懸命《いっしょうけんめい》探してくれます。

伯母《おば》さんが探してくれた「私」の初めての友達は「お国《くに》さん」という女の子でした。体が弱くておとなしいので、もってこいの友達だと言って伯母《おば》さんが仲を取り持ちます。

はじめのうち、伯母《おば》さんはそばに付き添《そ》っていましたが、徐々《じょじょ》に「私」を一人置いて帰るようになります。そこから、友達と遊んだ日々が丁寧《ていねい》に描《えが》かれていくのです。

かくれんぼ、移し絵*、ままごと、水飴屋《みずあめや》——。
友達と遊んだ様子とともに、四季の移り変わりや友達とのちょっとしたやりとりから起こる細やかな心の動きが描《えが》き出されます。
次の文章は、子供時代、世界はなぜあのように輝《かがや》いていたのかと考えさせられる場面です。

あの静《しずか》な子供の日の遊びを心からなつかしくおもう。そのうちにも楽しいのは夕がたの遊びであった。ことに夏のはじめなど日があかあかと夕ばえの雲になごりをとどめて暮れてゆくのをみながら　もうじき帰らなければ　とおもえば残り惜《お》しくなって子供たちはいっそう遊びにふける。

（前篇三十一）

みなさんにもきっとこんな時期があったはずです。
この続きにみなさんの思い出を綴《つづ》るとしたら、どうなるでしょう。子供の頃《ころ》、どん

＊移し絵
水に溶《と》ける糊を塗《ぬ》った台紙に模様や絵を印刷したもの。水にぬらして物に貼《は》り付けると印刷した部分だけが転写される。子供のおもちゃ。

な友達と何をして遊んだのでしょうか。

『銀の匙』では「かごめかごめ」や「お月様いくつ*」など、「私」が当時遊んでいた遊びについて記されています。

具体的な遊びを知らないとしても、本当は、そのどれもがみなさんの経験に差し替《か》えることができると思います。嫌《いや》な友達もいた、悲しいこともあったかもしれない。でもあんなにも世界は輝《かがや》いていたのだ、と改めて感じることができるはずです。

物語を読む醍醐味《だいごみ》とは

文学を読む楽しさは、立ち止まって、味わって、振《ふ》り返って、沈潜《ちんせん》することができて初めて感じることができます。このように、中勘助の体験世界と自分の体験世界を重ね合わせるという複雑な作業を、私たちは「読書」の中で行っています。本を読むというのは、大変高度な、知的な作業なのです。

『銀の匙』は、中勘助の感覚に降りていくと同時に、自分の子供時代に戻《もど》りつつ、自

***お月様いくつ**
昔から子供の遊びの中で歌い伝えられた、わらべうたの一つ。伝承の過程で方言の影響《えいきょう》を強く受け、同じ曲でも千差万別に変化してきた。

分の体験世界を重ね合わせながら読んでほしい。中勘助の文章には、それを促《うなが》す力があります。

みなさんからの質問に、こんなものがありました。

――中勘助さんは、なぜこのような散文《さんぶん》的な書き方をしていて、一つの本としているのかとても気になった。

この質問の「散文的な書き方」という表現には、「細かく章立てが分かれている」ということも含《ふく》まれていると思います。確かに、各章には番号がふられ、それぞれ二、三ページほどで読みきることができます。

時間経過としてはつながっているけれども、それぞれの出来事は独立している。中勘助にとって「あの日のこの遊び」と区切れるような一つの体験世界がひとまとまりになっていますね。この形がとてもいいのです。

各章を読んだ私たち読者も、その都度、一つひとつの世界に入りながら、自分の世界で遊ぶことができます。ある二、三ページを読んだ時に、「ああ、こういうことってあるよね」「私はこんなことがあったな」と、自分の体験を思い出すことができる。

このように読み進めていくことで、読者は中勘助の感覚まで降りていくことができ、その世界にどんどん引き込《こ》まれていきます。

特に前篇は、伯母《おば》さんの無償《むしょう》の愛に包《つつ》み込《こ》まれ、繭《まゆ》の中で暖かく育てられているかのような、湿度《しつど》のあるしっとりとした世界が広がっています。読者はその世界を楽しみながら、安心して自身の子供時代を思い出すことができるのです。

繭《まゆ》という言葉については後ほど触《ふ》れますが、『銀の匙』では子供時代の象徴《しょうちょう》として後篇にも出てきます。『銀の匙』を「繭《まゆ》小説」と名付けることもできるかもしれません。繭《まゆ》のような象徴《しょうちょう》がいくつも重なって、イメージの世界と現実とが渾然一体《こんぜんいったい》となっている。非常に文学的な作品だと言えます。

独特の表現を見つける

前篇は主に「私」が幼い頃《ころ》、伯母《おば》さんに背負われていた時の記憶《きおく》が続きますが、学校での様子も描《えが》かれています。そして、前篇の最後には、小学校で仲良くなった「お蕙《けい》ちゃん」との別れがありました。

お蕙ちゃんは『銀の匙』の大事な登場人物です。引っ越《こ》してきたばかりの頃《ころ》、学校での冴《さ》えない「私」の様子を知り、「びりっこけなんぞと遊ばない」と言われてしまった切ない思い出もあるものの、「私」は日に日にたくましくなり、級長になるまでに成長します。

ある日、弱いものいじめの張本人で、女生徒にわるさばかりしていた岩橋《いわはし》という生徒からお蕙ちゃんを守った時、二人には友情が生まれました。その様子がこのように描写《びょうしゃ》されています。

お蕙ちゃんは誰《だれ》が自分をいたわってくれるかさえ知らずくやしそうに泣きじゃく

りしてひとのするままになってたが、ようよう涙《なみだ》をとめて　誰《だれ》かしらというようにう袖《そで》のかげから顔を見合せたときにさも嬉しそうににっこり笑った。長いまつ毛が濡《ぬ》れて大きな眼が美しく染まっていた。そののち二人の友情は、いま咲《さ》くばかり薫《かおり》をふくんでふくらんでる牡丹《ぼたん》の蕾《つぼみ》がこそぐるほどの蝶《ちょう》の羽風《はかぜ》にさえほころびるように、ふたりの友情はやがてうちとけてむつびあうようになった。（前篇四十三）

友情を表現する時、「いま咲《さ》くばかり薫《かおり》をふくんでふくらんでる牡丹《ぼたん》の蕾《つぼみ》がこそぐるほどの蝶の羽風《はかぜ》にさえほころびるように」という比喩《ひゆ》を思いつくでしょうか。この場面をみなさんの頭の中でイメージしてみてください。

もし、あなたが作者なら、どのような文章が思い浮《う》かびますか。「二人は強く握手《あくしゅ》を交わし、肩《かた》を抱《だ》き合った。一生友達でいようね、親友でいようねと友情を誓《ちか》い合った」。そのような表現では、この二人の友情は描《えが》ききれないのです。

中勘助にしかできない独特の表現、二人の友情を表すにはこれしかないという表現

を見つけることができる。これも中勘助の文学者としての卓越《たくえつ》した力だと思います。

思い出の蓋《ふた》を開けて本を読む

そして、このお蕙ちゃんとのお別れが、ある日突然《とつぜん》やってきます。

「あたしお引越《ひっこ》しは嬉しいけど遠くへいけばもう遊びにこられないからつまらないわ」とやるせなさそうにいう。で、私もどうしようかと思うほど情なくなって二人してふさいでいた。（前篇五十三）

翌日、お蕙ちゃんが最後の挨拶《あいさつ》に来てくれた時、「私」は急に訳のわからない恥《は》ずかしさがこみあげてきて、襖《ふすま》の陰《かげ》に隠《かく》れます。本当はお蕙ちゃんの声を聞いて飛んで行きたいほどなのに、出て行くことができなかったのです。

そのことを後悔《こうかい》しながら一人泣く「私」に、乳母《うば》は「坊《ぼっ》ちゃまもおかわいそうだ」

と言います。お別れの翌日には、次のような文章が続きます。

明《あく》る日私は誰《だれ》より先に学校へいった。そうしてそっとお蕙ちゃんの席に腰《こし》かけてみたら今更のようになつかしさが湧《わ》きおこってじいっと机をかかえていた。お蕙ちゃんはいたずら者である。そこには鉛筆《えんぴつ》で山水天狗《やまみずてんぐ》やへマムシ入道《にゅうどう》*がいっぱいかいてあった。（前篇五十三）

好きな子が座っていた席に一人、じっと座ってみる。ふつふつと懐《なつ》かしさがこみ上げてくる。そして、ふと机を見ると、落書きだけが残っている。あの子にはもう会えないのです。

淡《あわ》く切ない思い。あの子と一緒《いっしょ》に過ごした輝《かがや》かしい時を思い出し、胸が締《し》め付けられる。そんな体験があなたの中で蘇ってくるのではないでしょうか。

こうして、お蕙ちゃんとの淡《あわ》い恋《こい》があり、別れてしまったこの時、「私」にとっての一つの時代が終わりました。

＊山水天狗やへマムシ入道

落書き。前者は「山」「水」の二字を草書体《そうしょたい》で続け書きにして天狗の面の形を描《えが》く。後者はカタカナの「へマムシ」と草書体の「入道」の字で人の形を描《えが》く。

これはもう二十年も昔の話である。私はなんだかお蕙ちゃんが死んでしまったような気がしてならない。そうかとおもえば時には今でもお蕙ちゃんが生きていて折ふしそのじぶんのことなど思いだしてるような気もする。（前篇五十三）

時は今に戻《もど》り、二〇年前のお蕙ちゃんとの別れを思い出しながら、このように前篇が締《し》めくくられています。

私たち読者は、中勘助にしか表現できない細やかな描写《びょうしゃ》によってその体験世界に引き込《こ》まれ、知らず知らずのうちに自分だけの宝物のような体験にまで降りていくことができます。

そして、長いあいだ蓋《ふた》をしていた、あの時の感覚を味わうことができる。

これこそが、文学を読む大きな楽しみの一つだと言えるでしょう。

COLUMN 1

『銀の匙』と夏目漱石

明治一八（一八八五）年、中勘助は岐阜県今尾藩士《ぎふけんいまおはんし》の父勘弥《かんや》と母鐘《しょう》の五男として東京神田の藩邸《はんてい》で生まれた。長男、三男、四男は若くして亡くなり、『銀の匙』の「兄」である次男の金一が長男の役割を果たすこととなる。ほかに、姉が二人、妹が二人いる。

「伯母《おば》さん」の豊かな語りを聞いて育ち、繊細《せんさい》な感覚を持つ勘助が文学の道へ進むのは自然なことだったのだろう。一八歳《さい》で第一高等学校に入学すると、英語教師として赴任《ふにん》した夏目漱石と出会い、東京帝国《ていこく》大学英文科でも漱石の教えを受けた。

当時の勘助は、詩歌を愛読し散文には興味がなく、漱石とは少し距離《きょり》を置いていた。しかし、漱石が大学を辞め東京朝日新聞（現・朝日新聞）に入社すると、卒業後に再び親交を深めている。二九歳《さい》で『銀の匙』が東京朝日新聞に連載《れんさい》されたのも漱石の推薦《すいせん》によるものだった。

漱石が亡くなった後、勘助は漱石についてこう書いている。

「先生は人間嫌《ぎら》いな私にとって最も好きな部類に属する人間の一人だった。そして先生は私の人間にではなく、創作の態度、作物そのものに対して最も同情あり好意ある人の一人であった」

師というより一人の人間として親しんでいた漱石。その人による同情や好意が勘助の創作活動を勇気づけたともいえるだろう。

コラム制作：編集部（以下同）

第2講

日本語の面白さとは何か

ストーリーの面白さは二次的なもの

これまでは、体験に特化した話をしてきました。

一方で、日本語の面白さを存分に味わうことができるのも、『銀《ぎん》の匙《さじ》』の魅力《みりょく》の一つです。第2講では大きな物語の流れを少し横に置いて、表現の部分に注目して読んでいきたいと思います。

文学を読む時、ストーリーの面白さを大事にする読み方もありますが、私はどちらかというと、ストーリーは文学にとって二次的なものだと考えています。

本来、一流の作家の力は、一ページ、一行にさえ表れるものです。

それぞれの作家の作品を読み込《こ》んでいれば、ほんの少し読むだけで、「あ、（夏目）漱石《そうせき》だ」「太宰《だざい》（治《おさむ》）っぽいね」「芥川《あくたがわ》（龍之介《りゅうのすけ》）でしょう」とすぐにわかります。文章のどこを切り取っても、その作家固有のDNAが入っているからです。

実際に読み比べてみると、オリジナリティあふれる文体や文章というものがあると実感できるはずです。たとえば、ドストエフスキー*の『カラマーゾフの兄弟』を二ペー

ジも読めば、ストーリーを知らない人でも、グッと心を動かされるでしょう。

中勘助《なかかんすけ》の作品もまた、一節を音読するだけで中勘助の世界観を感じることができます。

第1講でも、彼《かれ》の独特な表現について触《ふ》れましたが、さらに、音読して初めてわかる良さもあります。目で追うだけでは読み飛ばしてしまう表現も、音読すると細やかな語感を感じ取ることができるのです。

中勘助の日本語表現

中勘助の文章を存分に味わうために、この小説を読んで、みなさんが表現の点から何か気がついたことを教えてください。

——言葉を二回繰《く》り返す表現がたくさん出てきた。

——情景描写《びょうしゃ》に擬音語《ぎおんご》、擬態語《ぎたいご》が多く用いられていた。

＊ドストエフスキー

一八二一～八一。ロシアの小説家、思想家。モスクワ生まれ。工兵士官学校卒業後、工兵局製図室に配属されるが、一年ほどで退役。以後は文筆活動に専念。処女作『貧しき人々』（一八四六）でデビューするが一八四九年に政治事件で逮捕《たいほ》、シベリアに流《る》刑《けい》。復帰後は『罪と罰《ばつ》』（一八六六）『白痴《はくち》』（一八六八）『悪《あく》霊《りょう》』（一八七一～七二）などの代表作を出版。封建《ほうけん》的秩序《ちつじょ》が崩《ほう》壊《かい》する過渡期《かとき》で矛盾《むじゅん》した時代状《じょう》況《きょう》を捉《とら》え、人間の本質を追求する文学を創造。晩年に『カラマーゾフの兄弟』（一八七九～八〇）を脱稿《だっこう》、その数ヵ月後に死去。

そうですね。たとえば冒頭《ぼうとう》に伯母《おば》さんと見世物小屋《みせものごや》*に出かける場面があります。少し一緒《いっしょ》に読んでみましょう。

お皿のある怪《あや》しげな河童《かっぱ》が水溜《みずだまり》のなかでぼちゃぼちゃやるのもある。でろれん祭文《さいもん》*は貝をぶうぶう吹《ふ》いて金の棒みたいなものをきんきん鳴らしてはでろれんでろれん　というのでさっぱり面白くなかったけれど伯母《おば》さんは自分が好きだもので度度《たびたび》つれていった。（前篇六）

気にいった見世物のひとつは駝鳥《だちょう》と人間の相撲《すもう》であった。ねじ鉢《はち》巻の男が撃《げき》剣《けん》*のお胴《どう》をつけて鳥が戦いを挑《いど》むときのようにひょんひょん跳《は》ねながらかかってゆくと駝鳥が腹をたててぱっぱっと蹴《け》とばすのである。（同前）

こうした表現が使われていると、読者は五感を働かせ、より具体的にイメージすることができます。

＊見世物小屋

見物料を取って、日常では見られない珍《めずら》しい品や曲芸、奇術《きじゅつ》、獣《けもの》や人間などを見せる興行。江《え》戸《ど》時代から昭和にかけて祭りや縁日《えんにち》で盛んに。現在は人権意識の高まりや風俗《ふうぞく》の変化により、多くが衰退《すいたい》している。

＊でろれん祭文

門付《かどづけ》の説教祭文の一つ。門付とは大道芸の一種で、門口に立ち報酬《ほうしゅう》を受け取る形式の芸能の総《そう》称《しょう》。祭文とは神様を祭るときに読む文。法螺貝《ほらがい》を吹《ふ》き、僧《そう》が持ち歩く錫杖《しゃくじょう》という杖を鳴らしながら祭文を語り、合間に「でろれん、でろれん」と言う。

見世物小屋で聞こえてくる音や、その場の様子、駝鳥の動きが擬《ぎ》音《おん》語《ご》や擬《ぎ》態《たい》語《ご》として表現されていて、まるで現場にいるかのように映像が浮《う》かんできます。これらの表現は、「オノマトペ」とも言います。

「ぼちゃぼちゃ」「ぶうぶう」「きんきん」などは、実際の音を言語化した擬《ぎ》音《おん》語《ご》、「ひょんひょん」「ぱっぱっ」はその様子を言語化した擬《ぎ》態《たい》語《ご》です。

この場面で見てみると、「ひょんひょん」跳《は》ねるという表現は一般《いっぱん》的ではありません。中勘助の独特の表現で面白いですね。ほかの場面では、笙《しょう》*の音を「ひゅひい」と表現しているところもあります。

このように読者が初めて触《ふ》れる表現があったとしても、その語感から、駝鳥の跳《は》ね方や笙の音色がどのようなものかイメージできるのではないでしょうか。

もう少し読んでいきましょう。

お蕙《けい》ちゃんと一緒《いっしょ》に鞠《まり》で遊んでいる場面はどうでしょう。

兎《うさぎ》の戯《たわむ》れるように左右の手が鞠《まり》のうえにぴょんぴょんと躍《おど》って円《まる》くあいた唇《くちびる》の

＊撃剣

刀剣《とうけん》・木刀・竹刀で、相手を攻《せ》め、自分を守る武術。明治初期には、剣術《けんじゅつ》の試合を見世物としていた。名称《めいしょう》は大正に「撃剣《げきけん》」から「剣道《けんどう》」が中心となり、昭和に「剣道《けんどう》」が定着した。

＊笙

伝統芸能の雅楽《ががく》で使う管楽器。長短のある細い竹管《ちくかん》を一七本並べたもの。

おくからぴやぴやした声がまろびでる。その美しい声にうたわれた無邪気《むじゃき》な謡《うた》は今もなおこの耳になつかしい余韻《よいん》をのこしている。夕日が原のむこうに沈《しず》んでそのあとにゆらゆらと月がのぼりはじめると花畑の葉にかくれてた小さな蛾《が》が灰白の翅《はね》をふるってちりちりと舞《ま》いあがる。少林寺の槙《まき》の木には烏《からす》が群《むらが》って枝をあらそい、庭の珊瑚樹《さんごじゅ》の雀《すずめ》はちゅうちゅくちゅうちゅくいう。（前篇四十四）

これも美しい場面です。「私」の五感がフルに働いています。「ぴやぴや」とした声はどこか艶《つや》やかな感じもします。

お蕙ちゃんの「円くあいた唇《くちびる》のおくから」「まろびでる」声。それは、「私」がいまでも忘れられないくらい美しいと感じた印象的な声だったのでしょう。

オノマトペの細やかな語感

ほかにも、中勘助の独特の感覚で表された言葉が、この小説にはたくさん出てきます。

今までお国さんのとこの小さな世界にばかりいた世間みずの私にはたまらないほど眼まぐるしいのできょときょとして立ってたら姉のお友達は　これが話にきいてた弟か　というようにばらばらとよってきて忽《たちま》ち人をとりまいてしまった。（前篇三十四）

楽しみなのは栗のさかりであった。（中略）竿《さお》のさきでちょんちょんとたたいてみるといいがぴょいぴょいと首をふってさもうまそうな手ごたえがする。（後篇十三）

日本語には、実際にそんな音が出ていなくても、こうして様子や動きを表現する言葉がたくさんあります。

みなさんが普段《ふだん》使っているおなじみの擬態語《ぎたいご》を思い浮《う》かべてください。よく考えると不思議な表現ばかりです。テレビ番組で食べ物の味を伝えるレポートでもこうした

表現はよく使われます。

エビを見て、「とってもプリプリしていますね」と言うことがありますが、実際に食べてもプリプリという音はしません。シュークリームを見て、「ほら、ふわふわですよ」と言われても、そんな音は聞こえないでしょう。

「てくてく」歩く。雪が「しんしん」と降る。「くりくり」した目。「シュッ」とした人。歩く時、雪が降った時、人と会った時、実際にそんな音を聞くことはありません。そんな音は聞こえないのに、なぜ私たちはこれらの表現を文字で見たり耳で聞いたりした時に、共通の感覚を得られるのでしょうか。

シュークリームは「ぷわぷわ」でも「ぶわぶわ」でもなく、「ふわふわ」している。このように、ほんの少し違《ちが》う表現でも、まったく異なるイメージが湧《わ》いてきます。なのに「ふわふわ」というと、みんなが同じイメージを共有できる。

日本語は、一音一音について細やかな語感を持っています。ですから、共通する感覚をもとに、新しい表現をどんどん作っていくことも可能なのです。

ではここで、みなさんに造語能力を発揮《はっき》してもらいます。ここまでの授業を受けて

の私の印象を形容する表現を、作家になったつもりで考えてみましょう。端《はし》の方から順番に言ってみてください。遠慮《えんりょ》することはありません。『銀の匙』の「私」ではなく、私、齋藤孝《さいとうたかし》の印象ですよ。さあどうぞ。

――**パキパキ。ふわもち。ぽけらんぽけらん。ハキハキ。カリカリ。まむまむ。サクサク。チャラチャラ。ぐにゃぐにゃ。ペチャクチャ。べらべら。エイエイ。スパスパ。キリッ。**

面白いですね。みなさん全く違《ちが》いましたね。

一つの擬態語《ぎたいご》から同じイメージを共有すると同時に、一人の人間のイメージからこんなに違《ちが》う言葉が生まれる。みなさんと出会い、同じ時間を一緒《いっしょ》に過ごしているのに、みなさんの目に映っている私は一人ひとり違《ちが》う。さらにそれを言語化するとこんなにも違《ちが》いが生まれる。

日本語の豊かさに驚《おどろ》くとともに、同じ経験でも言葉にすると人によってずいぶん

違《ちが》ったものになることもわかります。

「声に出して読みたい日本語」

擬音語《ぎおんご》、擬態語《ぎたいご》、つまりオノマトペといえば、みなさんはきっと、他にも思い浮《う》かぶ作品がありますね。さて、誰《だれ》の、どんな作品ですか。

私がまず思い浮《う》かべるのは、詩人の中原中也《なかはらちゅうや》*の「サーカス」という詩です。どちらかというと若い世代のほうがよく知っているかもしれません。

私が書いた『声に出して読みたい日本語』という本を幼児番組に、ということで始まったテレビ番組があります。ＮＨＫ Ｅテレの『にほんごであそぼ』です。そこにも出てきますので、番組を見て育った方はきっとそらんじることができるでしょう。

私たちは、美しい作品を声に出して読み、暗誦《あんしょう》することによって、日本語の持つ輝《かがや》きを身体に埋《う》め込《こ》むことができます。潜在的《せんざいてき》な日本語の力を身につけることができるのです。

＊中原中也

一九〇七～三七。詩人、歌人。山口県吉敷《よしき》郡山口町（現・山口市湯田温泉）生まれ。代々開業医である名家の長男に生まれる。小学校時代は成績優秀《ゆうしゅう》も文学に耽《ふけ》って中学落第。一九二五年、上京。小林秀雄《こばやしひでお》、河上徹太郎《かわかみてつたろう》、大岡昇平《おおおかしょうへい》らと知り合い、一九二九年、同人誌『白痴群《はくちぐん》』創刊。一九三四年、第一詩集『山羊《やぎ》の歌』を刊行するも一九三七年、結核性脳膜炎《けっかくせいのうまくえん》で死去。翌年、自らまとめ小林秀雄《こばやしひでお》に託《たく》した第二詩集『在りし日の歌』刊行。短い生涯《しょうがい》で三五〇以上の詩を残す。引用詩「サーカス」は『山羊の歌』に収録。

私は中原中也が好きで、彼《かれ》の作品は番組にも多く登場しています。「サーカス」はこのようにはじまります。

幾《いく》時代かがありまして
**　茶色い戦争ありました**

（中略）

サーカス小屋は高い梁《はり》
**　そこに一つのブランコだ**
見えるともないブランコだ

サーカスの空中ブランコが揺《ゆ》れる様子を表すといえば、みなさんどんな表現を思い浮《う》かべますか。普通《ふつう》に考えれば、「ぶらーん　ぶらーん」でしょうか。

しかしこの詩は、こう続いています。

頭倒《あたまさか》さに手を垂《た》れて
汚《よご》れ木綿《もめん》の屋蓋《やね》のもと
ゆあーん　ゆよーん　ゆやゆよん

中原中也は空中ブランコが揺《ゆ》れる様子を「ゆあーん　ゆよーん　ゆやゆよん」と表現しました。なんとも怪《あや》しげな語感です。中原中也がそう詠《うた》えば、私たちにもそのように聞こえる。これがイメージの世界です。

私たちは現実の世界だけを生きているのではなく、このようなイマジネーションの世界をも生きている。現実の世界とイメージの世界を行ったり来たりしているのです。それが、世界の豊かさにもつながります。

別の作品も見てみましょう。

ある物語の中で、転校生がやってきました。風はどのように吹《ふ》きますか。あやしい、不思議な転校生です。

——どっどど　どどうど　どどうど　どどう

そうです。宮沢賢治《みやざわけんじ》*の「風の又三郎《またさぶろう》」ですね。続きも読んでみましょう。

どっどど　どどうど　どどうど　どどう
青いくるみもふきとばせ
すっぱいかりんもふきとばせ
どっどど　どどうど　どどうど　どどう

普通《ふつう》なら、風は「ぴゅうぴゅう」と吹《ふ》くかもしれません。でも、転校生がやってきた不思議な雰囲気《ふんいき》や、その状況《じょうきょう》にふさわしい風の音を、新しい語感で表現しようとした時、宮沢賢治《みやざわけんじ》はこの言葉を選んだのです。

*宮沢賢治

一八九六～一九三三。詩人、童話作家。岩手県稗貫郡《ひえぬき》（現・花巻市）生まれ。幼いころより宗教に親しみ、植物、鉱物採集に熱中。一九二一年から五年間、花巻農学校教諭《きょうゆ》。一九二四年、詩集『春と修羅《しゅら》』、童話集『注文の多い料理店』を出版。この二冊だけが生前刊行の著作となる。三七歳《さい》で結核《けっかく》により死去。没後《ぼつご》に評価が高まり多くの童話、詩集が刊行された。「雨ニモマケズ」（一九三一）、「銀河鉄道の夜」（未定稿《みていこう》）などと同様、引用の「風の又三郎《またさぶろう》」（一九三四）も賢治の代表作。

文学における読み方の基本

さて、『銀の匙』に話を戻《もど》しましょう。

中勘助は、中原中也や宮沢賢治のように、言語感覚に優れた作家だと言えます。体験を音で捉《とら》え、表現することが得意でした。中勘助は詩人でもありますから、これは詩人特有の感覚とも言えるかもしれません。

このような表現は、第1講でお話しした『銀の匙』の本質「体験を五感を通して伝えている」ということと深くつながっています。

文学では、作家の感覚にまで降りていくことが読み方の基本となりますが、『銀の匙』は感覚的な日本語で見事に表現されていますから、読者は読んでいるうちに、いつの間にかそうした読み方ができるようになっていくのです。

この小説には淡《あわ》い恋心《こいごころ》も描《えが》かれていますね。そして、それらは感覚的な表現によってさらに読者の胸を締《し》め付けます。みなさんは、いかがでしたか。

前篇の終盤《しゅうばん》、お蕙《けい》ちゃんとの場面を二つあげてみましょう。

気も狂《くる》いそうな日がいく日かつづいた。ある日のこと私がまたひとり自習室にとじこもって思い悩《なや》んでるときにふとぽくぽくちりちりいうぽっくりの音がきこえた。はっとしたが胸をおさえて窓をあけることはしなかった。（前篇五十）

お節句がすぎると間もなくお父様《とうさま》がなくなったためにお蕙ちゃんはその当座しばらくこなかったがある晩不意にまたぽくぽくちりちりとぽっくりの音をさせて遊びにきた。併《しか》し思いなしかひどく沈《しず》んでるので私は気が気でなく、家の者も気の毒がっていろいろと慰《なぐさ》めたら　あたしの家はあしたお引越《ひっこ》しするのだ　といった。お祖母様《ばあさま》とお母様《かあさま》とでお国へ帰るのだそうだ。（前篇五十三）

「ぽっくり」というのは女の子用の駒下駄《こまげた》、つまり履き物《はきもの》です。お蕙ちゃんが歩くと、「ぽくぽくちりちり」という音がする。なんの音でしょうか。ぽっくりというくらいですから、歩くと「ぽくぽく」音がします。そして、おそらく鈴《すず》のようなものが付いているのでしょう。「ぽくぽく」歩くと、飾《かざ》りとして付いている鈴《すず》が「ちりちり」と鳴る。ぽくぽくちりちり、ぽくぽくちりちりという音が近づいてくると、お蕙ちゃんが現れる。

「私」は、この音を聞いただけで、姿を見るまでもなくお蕙ちゃんが来たとわかるのです。

この二つの場面は、「私」がひとりで自習室にとじこもって思い悩《なや》んでいる時、そして、お蕙ちゃんのお父さんが亡くなりしばらく遊びに来なかった時という、どちらも心境が複雑な場面です。

お蕙ちゃんに思いを馳《は》せていると、不意に聞こえてくる「ぽくぽくちりちり」。「あ、お蕙ちゃんが来た！」。その音をイメージしながら「私」の心境を想像してみてほしいと思います。

語感から雰囲気《ふんいき》をつかむ

また、こんな場面もあります。

後篇の終わり、「私」は一七歳《さい》の夏を迎《むか》えています。友人の別荘《べっそう》に滞在《たいざい》している時、

「姉様」との出会いと別れを体験します。別れの前の晩、夕食を共にした後、こんな描写《びょうしゃ》がありました。

姉様は大きな梨《なし》のなかから甘《あま》そうなのをよりだして皮をむく。重たいのをすべらすまいと指の先に力をいれて笙《しょう》の笛みたいに環《わ》をつくる。その長くそった指のあいだに梨《なし》がくるくるとまわされ、白い手の甲《こう》をこえて黄色い皮が雲形にまきさがる。ほたほたと雫《しずく》がたれるのを姉様は　自分はあまり好かないから　といって皿にのせてくださる。それを切りへいで*口へいれながら美しいさくらんぼが姉様の唇《くちびる》に軽くはさまれて小さな舌のうえにするりと転びこむのを眺《なが》めている。貝のような形のいい腭《あご》がふくふくとうごく。（後篇二十二）

姉様がむいてくれた梨《なし》を食べながら、「私」は姉様が美しいさくらんぼを食べている様子を眺《なが》めています。姉様の唇《くちびる》に軽くはさまれて、小さな舌の上にするりと転がり込《こ》むさくらんぼ。すると、「貝のような形のいい腭《あご》がふくふくとうごく」のです。

＊切りへいで
「切って薄《うす》く剥《は》いで」の意。

みなさん、「ふくふく」と顎《あご》を動かしてみてください。どのように動くのでしょうね。再現するのは難しいかもしれません。

しかし、はっきりとはわからないとしても、姉様の優しい雰囲気《ふんいき》や柔《やわ》らかい物腰《ものごし》は想像できます。そして、その光景を眺《なが》めているだけでうっとりしている「私」の感覚も捉《とら》えることができるのです。

三色ボールペンで鍛《きた》える「読書力」

こうした日本語特有の、もしくは作家独特の細やかな表現は、オノマトペだけではありません。ほかにも様々なものがあります。

私たちは日常生活や会話の中でそういうものに触《ふ》れながら、日本語の幅《はば》を広げていくのですが、本を読むことで日本語の豊かな表現を新たに見つけ、自分のものにすることもできます。

さて、そのためにはどうすればいいでしょうか。

みなさんは本を読む時、どのように読んでいますか。今みなさんの手元にある『銀の匙』を開いてみてください。

どなたも買ったばかりのまっさらな本ですね。残念です。この教室では本にいろいろと書き込《こ》んでいるのは私だけのようです。

汚《よご》さないように、折り目をつけないように配慮《はいりょ》して、できるだけきれいに読んで、読み終わったみなさんの本は、隣《となり》の人の本と交換《こうかん》しても、書店で新しく買ってきた本と入れ替《か》えても、全く問題ありませんね。図書館にある本も家にある本も同じということです。

『三色ボールペンで読む日本語』という著書でも紹介《しょうかい》したことはありますが、私は本を読む時、赤、青、緑の三色ボールペンで線を引き、いろいろな印を書き込《こ》みながら読み進めるようにしています。

最重要（客観的に見て最も重要な箇所《かしょ》）赤

重要（客観的に見てまあ重要な箇所《かしょ》）青

面白い（主観的に見て面白いと感じた箇所《かしょ》）緑

大きくこの三つに分けて線を引き、印を書き込《こ》みます。

赤、青で物語の流れを摑《つか》みつつ、緑で自分の感性が働いたところに印をつけておけば、ただ文字を追ってページをめくるだけでなく、自分に関わらせて読むことができるようになっていきます。

もっとも大事なのは、ためらわずに書き込《こ》むことですが、これが意外と難しい最初のハードルです。本を綺麗《きれい》な状態に保ちたいという思いだけでなく、自分の読解力を試されるような気がして、思い切って線を引くことができない人も多いでしょう。

また、なんとなく文字だけを追っていては、どこに何色の線を引くかを判断することができません。読むことは考えることです。線を引くと、自分の判断をさらし、自分がどこまで読めているかを明らかにすることができます。

はじめは練習のつもりでどんどん線を引けばいいのです。線を引いてから番号をふってもいい。自分なりの方法を見つけてください。これは、自分の「外側」にある情報を意味のある情報にして、自分の頭を通して「内側」のものにするためのレッスンです。

慣れてくると、線を引いた部分や文字を囲んだ部分が、色や場所とともに記憶《きおく》に残ります。読み終わった後にパラパラと見返せば、あなたの頭の中に物語がしっかりと入ってきます。

ニーチェ*の『ツァラトゥストラ』も、ドストエフスキーの『罪と罰《ばつ》』も、ぐるぐると文字を囲み、線を引き、印をつけておけば、後から見返した時にその部分が色とともに浮《う》かび上がり、目に飛び込《こ》んでくることを実感できるでしょう。

この方式を使わずに読んだ本と、この方式で書き込《こ》みながら読んだ本の間には大きな差が生まれます。あとで見直したり引用したりする時など、三色ボールペンで線を引いたほうが格段に役立ちます。

みなさんもぜひこれからは、読書をする時にはどんどん書き込《こ》んでください。すると、あの日、あの時、齋藤孝という人が、三色ボールペンで書き込《こ》めと言っていたな、ということを思い出すことができる。そうすればきっと、他の誰《だれ》かの本と取り替《か》える

＊ニーチェ

一八四四～一九〇〇。ドイツの哲学者《てつがくしゃ》。プロイセン生まれ。プロテスタント牧師の家系。一八六九年から一〇年間、スイスのバーゼル大学の教授として古典文献学《ぶんけんがく》を教える。処女作『悲劇の誕生』（一八七二）が学界に反発され、アカデミズムから追放される。「神は死んだ」としてヨーロッパ文明、キリスト教を批判。善悪を超越《ちょうえつ》した永劫回《えいごうかい》帰《き》のニヒリズムに至り、「超人《ちょうじん》」として生きることを主張。晩年は精神錯乱《さくらん》に陥《おちい》り、死去。代表作に『ツァラトゥストラ』（一八八三～八五）『善悪の彼岸《ひがん》』（一八八六）『道徳の系譜《けいふ》』（一八八七）など。

なんて考えられなくなるはずです。

日本語の豊かさを手に入れるには

私は、自分が一度読んだ本が新しい本と取り替《か》えられてしまうなんて、そんなことは絶対に許せません。耐《た》えられない。

そんなことがあったら、「私が精魂込《せいこんこ》めて読み込《こ》んだ読書体験を返してくれ。私があの本を読んだ尊《とうと》い時間をお金で買えると思っているのか」と憤《いきどお》ります。

私は、どんな本でも三色ボールペンで躊躇《ちゅうちょ》なく書き込《こ》みながら読んでいます。これは中学二年生の頃《ころ》からの習慣です。

当時、私は勝海舟《かつかいしゅう》*の『氷川清話《ひかわせいわ》』という本が好きでした。勝海舟が晩年に東京の赤坂氷川の自宅で語った談話集《だんわしゅう》です。好きな言葉に線を引いて一年間持ち歩いていました。友達にも、「お前はいつもその本だね」と言われたものです。

灘校で橋本武さんが三年をかけて『銀の匙』を読み込《こ》んだように、私は一年をかけ

＊勝海舟

一八二三～九九。幕末・明治期の幕臣、政治家。江戸本所《えどほんじょ》（現・東京都墨田区《すみだ》）生まれ。一八五〇年、私塾《しじゅく》を開き、オランダ語を教え鉄砲製造《てっぽうせいぞう》の仲介《ちゅうかい》を行う。一八六〇年、日米修好通商条約批准《ひじゅん》使節派遣の際、咸臨丸《かんりんまる》を指揮して渡米《とべい》。一八六四年、神戸に海軍操練所を開き、坂本龍馬などを育成。戊辰戦争《ぼしんせんそう》や鳥羽伏《ふし》見《み》の戦いで幕藩《ばくはん》体制瓦解《がかい》の中、一八六八年、陸軍総裁として新政府側の西郷隆盛《さいごうたかもり》と会見、江戸《えど》の無血開城を約束。明治維新《いしん》後も旧幕臣の代表格として元老院議官、枢密院顧問官《すうみついんこもんかん》などを歴任、伯爵《はくしゃく》に叙《じょ》された。

て自分で『氷川清話』を読み込《こ》みました。一冊の本を深く研究していくと、書き手の世界の内側に入り込《こ》んでいくことができます。

作家の村上春樹《むらかみはるき》さんも、フィッツジェラルド*の作品を細かく分析《ぶんせき》されて、そのことが作家としての素地《そじ》になったと書いています。研究とはいかないまでも、自分が「この言葉が素敵」「この表現は面白い」「この文章が最高」と思ったところに線を引きながら読むと、その作家の特色も浮《う》かび上がってくるはずです。

さらに、書き込《こ》むことでその本は、きみだけの読書記録にもなります。大人になって、「あの頃《ころ》、自分はこんなところが面白いと思っていたのか」と今日の日を思い返すこともあるでしょう。その本は、それだけで世界にたったひとつのマイブックになります。今持っている本に線を引きながら読めば、マイ『銀の匙』になる。

さらにお願いしたいのは、そうして記憶《きおく》したことを引用して、その本の面白さを誰《だれ》かに伝えてほしいのです。

文中の言葉を引用して話す力、これが引用力です。

自分で咀嚼《そしゃく》して人に伝えることができて初めて、『銀の匙』を読んだことになりま

＊フィッツジェラルド

一八九六〜一九四〇。アメリカの小説家。ミネソタ州生まれ。筆名はF・スコット・フィッツジェラルド。プリンストン大学を中退し陸軍に入隊。除隊後の一九二〇年、処女長編『楽園のこちら側』で注目される。同年結婚《けっこん》したゼルダとの華《はな》やかな暮らしで脚光《きゃっこう》を浴び、時代の寵児に。一九二五年『グレート・ギャツビー』を発表。本作は村上春樹の愛読書で自ら翻訳《ほんやく》も行っている。晩年はハリウッドで映画の脚本《きゃくほん》を手がけるがアルコールに溺《おぼ》れ、四四歳《さい》で心臓発作により死去。

す。そして、伝えるということを繰《く》り返すことで、作品に出てきた細やかな日本語の表現を自分のものにすることができるようになります。

ぜひこれからは、あなたが読んで何かを感じた場面を、友達や家族に伝えてみてください。その時、あなたが使う日本語の表現は、あなたの言葉となり、あなたの日本語をさらに豊かにしていくはずです。

COLUMN 2

兄との確執《かくしつ》

『銀の匙』でも確執《かくしつ》が描《えが》かれた「兄」の金一と勘助は一四歳《さい》も離《はな》れている。エリートだった兄は、自身が成功を手にした絶頂期にも、なぜか勘助をはずかしめ、おとしめる。それは兄の死まで勘助を深く苦しめた。

勘助が一高に入学した年、兄は東京帝《てい》大医科を卒業し、子爵《ししゃく》の娘《むすめ》（末子）と結婚《けっこん》。単身ドイツに留学し、帰国後は福岡《ふくおか》医科大学の教授となり末子と九州で暮らすこととなる。

しかしその四年後、兄は脳溢血《のういっけつ》で倒《たお》れてしまう。半身不随《ふずい》となり言葉を失い、大学を辞職。栄光から絶望への予期せぬ転落である。既《すで》に父も亡くなっており、事実上の長男が倒《たお》れ、中家は勘助が支えなければならなくなった。当時の勘助は弱冠《じゃっかん》二五歳《さい》。

しかし勘助は、体面《たいめん》を重視する母、兄、そして親族とのいざこざから逃《に》げるように親戚《しんせき》宅や全国の寺などを転々とし、一〇年以上も家を離《はな》れることになる。家に戻《もど》ってからも家族、親族からの非難が勘助に集中した。

言葉をなくしてもなお辛《つら》く当たる兄について、勘助は兄の死後、「この一面甚《はなは》だ小心かつ善良な人をあるいは暴君にし、邪悪《じゃあく》の人にし、しばしば悪鬼羅刹《あっきらせつ》のごとき形相《ぎょうそう》をとらせたものは一つには家族制度とその道徳の欠陥《けっかん》だと思います」と書き記し、こんな詩を残している。

兄さんどこにいる
はやく釣《つ》りにいらっしゃい
ここははとりの藁科川《わらしながわ》
鮎《あゆ》もいます　うぐいもいる
忘れていった急須《きゅうす》もある
茶をいれてあげましょう
はとり名物の新茶
あなたがくれば私は
いつでも喜んで迎《むか》えます

（『中勘助随筆《ずいひつ》集』「遺品」より）

第3講

生き方の価値観を問い直す

『銀《ぎん》の匙《さじ》』前篇と後篇の違《ちが》い

後篇に入ると、「私」を取り巻く世界は変化します。

後篇の冒頭《ぼうとう》に、時代は日清戦争が始まった（一八九四年）頃《ころ》とありますから、中勘助《なかかんすけ》が九歳《さい》になった頃《ころ》から一七歳《さい》までのお話です。

前篇と後篇の違《ちが》いについて、何か気づいたことはありますか。

——前篇では、「私」は伯母《おば》さんからなかなか離《はな》れず、女の子と遊んでいることの多い弱い子供として描《えが》かれていたのに、なぜ後篇では急に自分の意見をはっきり言い、先生にも対抗《たいこう》する強い子供として描《えが》かれるようになったのですか。

これはとても重要な質問です。着眼点がすばらしい！

前篇の「私」は弱虫、泣き虫で、伯母《おば》さんの背中にくっついて離《はな》れず、女の子の友達とばかり遊んでいました。はじめは学校に行くことさえ嫌《いや》がっているような子供で

したね。

この質問は、質問というより発問に近いと言えます。あなたは今、一つの問いを立て、ここにいるみなさんに投げかけた。本を読む時、こうして問いを立ち上げることは大事です。

文学に正解はない

発問をする際には、文学に正解はないということを大前提として押《お》さえておかなければなりません。文学は様々に解釈《かいしゃく》できる余地を残しています。これを、「テキスト性が高い」と言います。

これに対して、「テキスト性が低い」のは新聞や論説文《ろんせつぶん》で、一義的《いちぎてき》に一つの意味が決まります。人によって多様な解釈《かいしゃく》ができる新聞記事というのはありません。新聞記事を読む人によって、「AがBを殺したのかBがAを殺したのかわからない」となっては困りますね。

しかし、文学というのはそもそもが想像力の賜物《たまもの》です。もやっとしていて、いろいろな解釈《かいしゃく》ができる。全ての関係性や心理を丁寧《ていねい》に説明し切ってしまい、ほかに解釈《かいしゃく》の余地がない文学作品、そんなものは面白くもなんともありません。文学に正解はない。

一人ひとりの読み方によって違《ちが》うことを感じ取ることができるのが文学の面白さです。少し空白の残されたキャンバスに、みなさんが想像力を働かせ、絵を描《か》き入れて完成させるようなイメージです。そう考えると楽しくなりますね。

そこで先ほどの質問に戻《もど》ります。

答えは一つではありませんが、「前篇と後篇の間に、いったい何があったのだろう」とみなさんは様々な考えを巡《めぐ》らせて、この作品に対する解釈《かいしゃく》を加えることができるわけです。つまり、自分なりに空白部分に絵を描《か》いてみるのです。

このように、問いを立てることで幾《いく》つもの新たな解釈《かいしゃく》が生まれ、作品の魅力《みりょく》にさらに迫《せま》ることができます。

人間としてのつながりを読む

では、一緒《いっしょ》にその空白部分を想像してみましょう。

前篇の初めのほうの「弱い、泣き虫だった『私』と、後篇の「先生にも自分の意見をはっきり言って対抗《たいこう》する『私』」は、現象としては正反対です。

それぞれ、前者は対立することができずに逃《に》げたり泣いたりしてしまう弱さ、後者は違《ちが》う意見にも目上《めうえ》の人にも恐《おそ》れずに対抗《たいこう》していくことができる強さのように見えます。それだけ見ると別人のようにも思えますが、そこには何かつながりがあるはずです。つながりを見つけるには、まず、それぞれの共通点を探してみることです。

さて、前篇と後篇の「私」の共通点は何でしょうか。

幼い頃《ころ》の「私」は、絶対に伯母《おば》さんの背中から降りませんでした。腕白《わんぱく》どもに石を投げつけられても背中にしがみついていました。初めてお国さんたちが遊んでいるところへ連れて行かれた時も、伯母《おば》さんの背中から降ろされることを嫌《いや》がっています。

何があっても背中から降りない。降りたくない。その様子から、とても意志が強いことがわかります。嫌《いや》なものは嫌《いや》、好きなものは好き。この性質を「頑固《がんこ》」と考えると、どうでしょう。

学校へ通うようになって年齢《ねんれい》を重ねても、友達があっけにとられても、先生に困った生徒だと思われても、誰《だれ》が何と言おうと、嫌《いや》なものは嫌《いや》、好きなものは好きという頑固《がんこ》さは変わっていません。

小さい頃《ころ》から伯母《おば》さんに甘《あま》やかされ、自分のわがままを通してきた「私」です。自分を譲《ゆず》らない性格は、学校に行くと、むしろ反抗《はんこう》的ということにもつながっていきます。

先生の教えを破ってはならぬものと思っている他の生徒たちを尻目《しりめ》に、「私」は先生を怖《こわ》がることもなく、勝手気ままに振《ふ》る舞《ま》います。日本は戦争に負けると思えば「きっと負ける」と言ってしまう。結果として、誰《だれ》にでも自分の意見を言える強い子という印象にもなるのでしょう。

このように見ていくと、一見相反《あいはん》するような言動にも、一人の人間としてのつながりが見えてきます。

「らしさ」を強要する社会への疑問

先ほどの質問に「伯母《おば》さんからなかなか離《はな》れず、女の子と遊んでいることの多い弱い子供」とあったように、前篇の「私」については、伯母《おば》さんの背中にくっついていた印象が強く残ります。

しかし、前篇の途中《とちゅう》からは、学校に行き始めて「私」が少し変わり始める様子も描《えが》かれていました。

私は急に智慧《ちえ》がついてなにかひと皮ぬいだように世界が新しく明るくなると同時に脾弱《ひよわ》かった体がめきめきと達者になり、相撲《すもう》、旗とり、なにをやってもいちばん強い二三人のなかにはいるようになった。（前篇四十三）

第１講でも少し触《ふ》れましたが、「私」はお蕙《けい》ちゃんとの出会いによって勉強も頑張《がんば》るようになり、弱いものいじめをする生徒から友達を守るほどにたくましく成長していきます。

しかしながら、通り一遍《いっぺん》のたくましい男の子として成長しているかというと、そうではありません。

後篇では、先生や友達、そして社会の変化についていけず、世間の求める「男らしさ」にうんざりしている様子も描《えが》かれます。

当時の日本では、男は男らしく、女は女らしくという価値観がありました。日清戦争、そして一〇年後の日露《にちろ》戦争へと激化《げきか》していく時代です。男の子は将来、軍人になり戦うことを求められ、「軍人になりたい」と言えば褒《ほ》められるような価値観の中で育てられました。

しかし、そんな価値観に縛《しば》られた社会の風潮《ふうちょう》に対して疑問を持ち、「嫌《いや》だ」と思い続け、実際にそう言えるのが「私」です。

また、このような「男らしさ」を弟である「私」になんとか教授《きょうじゅ》しようと試みる兄に対しても、応《こた》えることができません。兄はいつも機嫌《きげん》が悪くなるのですが、なぜそうなってしまうのか全く理解できないのです。

夕べの空にひとつふたつ耀《かがや》きはじめる星、それは伯母《おば》さんが神様や仏様がいる
ところだと教えたその星を力に懐《なつか》しくみとれていれば兄は私のおくれるのに腹
をたてて
「なにをぐずぐずしてる」
という。はっと気がついて
「お星様をみてたんです」
というのをききもせず
「ばか。星っていえ」
と怒鳴《どな》りつける。あわれな人よ。なにかの縁《えん》あって地獄《じごく》の道づれとなったこの
人を　兄さん　と呼ぶように、子供の憧憬《しょうけい》が空をめぐる冷たい石を　お星さん
と呼ぶのがそんなに悪いことであったろうか。(後篇四)

美しい世界を敏感《びんかん》に捉《とら》えることのできる繊細《せんさい》な感覚を持つ「私」は、幼い頃《ころ》は傷つきやすく、世界に対して臆病《おくびょう》になっていました。しかし、様々な経験を通して傷つ

きながらも、自らの価値観を貫《つらぬ》くほかないという頑固《がんこ》さを形作り、それが成長とともにぶれない強さとなって表出《ひょうしゅつ》していると言えます。

「私」は、周囲が変わっていく中で、子供の時からずっと変わらない何かを持ち続けているのです。

聖域の中で生きる「私」

みなさんはこの小説を読んで、今の時代とは遠い世界のことのように感じるでしょうか。

もちろん今は、当時のように「男らしさ」「女らしさ」を強要されることはあまりありません。水面下ではまだ根深い問題もありますが、「男らしさ」「女らしさ」を求めるようなことは公の場ではありませんし、教育現場でも強要することがあってはならない時代です。

しかし、それ以外にも社会は様々な価値観で縛《しば》られています。みなさんも、「ある

べき」「すべき」という規範《きはん》のようなものを感じることがあるでしょう。

社会で成功するためには、勉強を頑張《がんば》り、自ら能力を高め、さらには空気も読み、その時代の社会規範《きはん》から外れないように生きていかなければなりません。何が得か、何が損かを考えて行動しなければならない時もあります。

勝ち組、負け組という言葉も一時流行《はや》りました。社会的に成功している人は勝ち組、そうでない人は負け組。そのように選別されました。

さて、中勘助《なかかんすけ》は何組でしょうか。

そんな問い自体が馬鹿馬鹿《ばかばか》しいことです。勝ち負けなどという価値基準を全て吹《ふ》き飛ばすようなパワーが、この小説にはあります。

社会規範《きはん》に則《のっと》って力を発揮することが社会的な能力の高さとも言えますが、『銀の匙』の「私」、すなわち中勘助の生きる世界は、そうした社会規範とはまったく異なる世界です。

経済合理性というものと無関係な美しい世界が子供の世界であり、その世界は聖域《せいいき》なのです。

自分の好きなものを好きだと言えた時代。その時代が中勘助には聖域《せいいき》として残っています。中勘助は、それを自分の心の中にいつも宝物のように持ち続け、聖域《せいいき》の中でずっと生きようとした人なのです。

どうすれば聖域《せいいき》の中で生きることができるのか。中勘助は、詩人でもあります。そのために詩を作り続けました。自ら「詩をつくることより詩を生活することに忙《いそが》しかった」と語っています。

かけがえのない瞬間《しゅんかん》を切り取るのが詩です。もう二度と繰《く》り返せない宝物のような一瞬《いっしゅん》を切り取って、永久保存する。それを言葉で書きとめる。中勘助は、生活することが詩になるほど、かけがえのない瞬間《しゅんかん》を生活の中で捉《とら》えて生きていたともいえるでしょう。

かけがえのない瞬間《しゅんかん》を捉《とら》えた表現といえば、私はゴッホ*の『星月夜《ほしづきよ》』を思い浮《う》かべます。

自らの耳を切り落とし、入院中の病院の窓から見た夜明け前の村の様子を、星と月の光が美しく怪《あや》しく渦《うず》巻くように描《えが》いた作品です。ゴッホはその星と月を眺《なが》めていた

***ゴッホ**

一八五三〜九〇。オランダの画家。オランダ南部のズンデルトで牧師の家に生まれる。美術商の店員、炭鉱の伝道師等を経て、二七歳《さい》から絵筆をとる。作品は風景、自画像を主とし、リズミカルな線、大胆《だいたん》な色調、情熱的な画風は、その後の絵画の発展を促《うなが》した。生来、精神不安定の兆候があり三七歳《さい》の時、拳銃《けんじゅう》で自殺したとされる。左の画『星月夜』は一八八九年の作品。

時間を永遠に絵にとどめようとしました。

同様に、ある時間を、ある瞬間《しゅんかん》を、言葉を使って永遠にパッケージする、それが詩人の魂《たましい》なのです。

競争社会と関係なく大切なもの

そんなことに思いを馳《は》せながら、『銀の匙』に戻《もど》りましょう。

「私」は、いつも不機嫌《ふきげん》になる兄や、功利的《こうりてき》な学校の先生とのやりとりに嫌気《いやけ》がさした頃《ころ》、一つ年下の貞《さだ》ちゃんと出会いました。子供らしい世界を生き生きと楽しむ時間を取り戻《もど》した私は、自然の中で四季の移り変わりを存分に味わいながら過ごすようになります。

そして、世界は再び輝《かがや》きはじめます。


夏のはじめにはこの庭の自然は最も私の心を楽しませた。春の暮《くれ》の霞《かすみ》にいき

れる*ような、南風と北風が交互《こうご》に吹《ふ》いて寒暖晴雨の常なく落ちつきのない季節がすぎ、天地はまったくわかわかしくさえざえしい初夏の領となる。空は水のように澄《す》み、日光はあふれ、すず風は吹《ふ》きおち、紫《むらさき》の影《かげ》はそよぎ、あの陰鬱《いんうつ》な槙《まき》の木までが心からかいつになくはれやかにみえる。蟻《あり》はあちこちに塔《とう》をきずき、羽《は》虫《むし》は穴をでてわがものがおに飛びまわり、可愛《かわい》い蜘蛛《くも》の子は木枝《こえだ》や軒《のき》のかげに夕暮の踊《おど》りをはじめる。私たちは燈心《とうしん》*で地虫をつり、地蜂《じばち》の穴を埋《う》めてきんきんいう声に耳をすまし、蟬のぬけがらをさがし、毛虫をつっついてあるく。すべてのものはみな若く楽しくいきいきとして、憎《にく》むべきものはひとつもない。そんなときに私は小暗《おぐら》い槙《まき》の木の蔭に立って静《しずか》に静にくれてゆく遠山の色に見とれるのが好きであった。青田がみえ、森がみえ、風のはこんでくる水車の音と蛙《かえる》の声がきこえ、むこうの高台の木立《こだち》のなかからは鐘《かね》の音がこうこうと響《ひび》いてくる。二人は空にのこる夕日の光をあびてたおたおと羽ばたいてゆく五位《ごい》*のむれを見おくりながら夕やけこやけをうたう。たまには白鷺《しらさぎ》も長い脚《あし》をのばしてゆく。（後篇十三）

＊いきれる
蒸し暑い空気や熱気でむっとする。

＊燈心
ランプなどの芯《しん》。灯油にひたして火をつけるためのもの。芯《しん》は細い綿糸などが束になっている。

みなさんは、このような「一瞬《いっしゅん》をとどめて永遠に残したい」という思いを、日々の暮らしの中で感じることはありますか。

学校や会社などでは、そんなことを考える暇《ひま》もなく、合理的に過ごすことを強いられるかもしれません。

しかし、たとえ競争を勝ち抜《ぬ》いて有名企業《きぎょう》の社員になり、勝ち負けの世界を生き抜《ぬ》いたとしても、誰《だれ》もがやがて定年退職をむかえると、能力を問われない世界に帰っていくことを忘れてはなりません。

その時、競争社会が求める能力の世界とは全く異質の、「世界を美しいと感じ、深みを感じる力」が、みなさんの底流《ていりゅう》に地下水のように潤《うるお》いに満ちているかどうか。これこそが、人生を豊かに生きていくために重要になることを覚えておいてほしいと思います。

＊五位

「ゴイサギ」というサギ科の鳥。時の天皇が池にいた鳥を捕《とら》えるよう家来に命令すると、鳥はおとなしくつかまったので、天皇より五位の位を授けられたという故事《こじ》が由来。

何が損か得かで生きるな

「私」の中には、なぜこのような底流が存在し続けているのか。

その鍵《かぎ》の一つは「伯母《おば》さん」です。この作品は伯母《おば》さん小説と言ってもいい。もちろんそんなジャンルはありませんが、たくさんのおばさんに愛されて育った私にはそう感じられます。母ではない「おばさん」からの無償《むしょう》の愛は、文学作品にはよく見られます。

夏目漱石《なつめそうせき》の『坊《ぼ》っちゃん』に出てくる「下女《げじょ》*の清《きよ》」も、家族からも疎《うと》まれる主人公を、「あなたは真《ま》っ直《すぐ》でよい御気性《ごきしょう》だ」などと言って全面的に肯定《こうてい》し、可愛がります。「御世辞《おせじ》は嫌《きらい》だ」と言うと、「それだから好い御気性《ごきしょう》です」と言っては、嬉しそうに坊《ぼ》っちゃんの顔をながめます。

井上陽水《いのうえようすい》さんにも『小春《こはる》おばさん』という曲がありますが、貸本屋のある田舎町《いなかまち》で小春おばさんに昔話を聞きながら過ごした子供の頃《ころ》をなつかしく思い、会いに行くよ、と熱く歌い上げています。このように、「おばさん」は無償《むしょう》の愛の象徴《しょうちょう》として様々な

＊下女

雇《やと》われて、掃除《そうじ》・炊事《すいじ》など家庭内の雑用をする女性。漱石の作品では頻出《ひんしゅつ》するが、現在は差別感がある表現として使われない言葉。

作品に描《えが》かれています。

『銀の匙』の「伯母《おば》さん」は、人間的に豊かで情が細やかです。誰《だれ》に対しても人がよく面倒《めんどう》見がいい上に、損得勘定《そんとくかんじょう》で生きていない。命というものに対して全部共感してしまう。そして、「私」を全面的に受け入れてくれる存在として登場します。前に引用した「駝鳥《だちょう》と人間の相撲《すもう》」でも見物人がどっと笑う中、「伯母《おば》さん」は、「駝鳥《だちょう》がひもじがっとるにごぜん*もらえんで気の毒な」と言って涙《なみだ》をこぼします。

そんな人に可愛がられて過ごした素晴らしい時間。それは、近代的で合理的な考え方とは対極にあることは言うまでもありません。何が得か損かは生きる指針ではなかったのです。今の世の中はコストパフォーマンスが基準になることが多いけれども、文学はコスパじゃない。では復唱してみてください。せーの、

「文学はコスパじゃない！」

さらに、「伯母《おば》さん」は想像の世界と現実の世界の橋渡《はしわた》し役にもなっています。幼い頃《ころ》は、「私」が布団に入ると、暗がりの中で声色《こわいろ》を変えながら様々な話をし、寝《ね》かしつけてくれました。博聞強記《はくぶんきょうき》で無尽蔵《むじんぞう》に話の種を持っていて、さらに忘れてしまっ

＊ごぜん
食事のこと。

たところは勝手に物語を作ってアレンジしてしまうのです。「私」は毎晩、伯母《おば》さんと一緒《いっしょ》に物語世界に入り込《こ》んでいきます。

つまり「私」は子供の頃《ころ》、想像の世界と現実の世界の区別なく生きていた。伯母《おば》さんもまさにその区別なく、両方の世界を生きる人だったのです。

現代の私たちが、学校や会社でも常に想像の世界と現実の世界を行ったり来たりする必要はありませんが、功利的な現実の世界に身を置きながらも、想像の世界を忘れることなく、文学的生活というものをどこかに持っていてほしいのです。

日中は一生懸命《けんめい》働いて、深夜のひとときは文学的な世界に深く浸《ひた》る。そうした異なる二つの世界を行ったり来たりすることが、人生を豊かにすることにつながるのだと思います。

「後悔《こうかい》」で終わる物語

さてここで、この小説の終わり方についての質問がありました。

この作品の最後のシーンです。

――姉様に別れの挨拶《あいさつ》をしないで、後悔《こうかい》しているシーンで終わっていて中途半端《ちゅうとはんぱ》だと思うのですが、それは何か狙《ねら》いがあるのですか。

いいところに着目しましたね。確かに、「私」が姉様に別れの挨拶《あいさつ》をせず、後悔《こうかい》する場面で終わっています。その文章を読んでみましょう。

「あかりをちょっと拝借いたしました」
という声がして姉様が盆《ぼん》に水蜜《すいみつ》*をのせて暇乞《いとまご》いの挨拶《あいさつ》に来られた。
「御機嫌《ごきげん》よろしゅう。また京都のほうへおいでのこともございましたらどうぞ」
私は庭へおりて花壇《かだん》の腰掛《こしか》けに腰《こし》をおろし海のほうへ海のほうへとめぐってゆく星を眺《なが》めていた。遠い浪《なみ》の音と、虫の音と、天と……のほかなにもない。ばあやが俥《くるま》をやとってきた。姉様が支度《したく》のすんだ綺麗《きれい》ななりであかりを返しに私の

＊水蜜
桃《もも》の一種。中国原産。実は白くて水分が多く、甘《あま》みが強い。

部屋へ小走りにゆかれるのがみえた。やがてばあやが荷物を運びだすあとから姉様は縁側《えんがわ》を玄関《げんかん》のほうへととおりながら私のほうへ小腰《こごし》をかがめて
「御機嫌《ごきげん》よう」

といわれたのをなぜか私は聞えないふりをしていた。

「さようなら御機嫌《ごきげん》よう」

私は暗いところで黙《だま》って頭をさげた。俥のひびきが遠ざかって門のしまる音がした。私は花にかくれてとめどもなく流れる涙《なみだ》をふいた。私はなぜなんとかいわなかったろう。どうしてひと言挨拶《あいさつ》をしなかったろう。私は肌《はだ》のひえるまでも花壇《かだん》に立ちつくして昨夜よりもいっそう不具になった月が山のむこうからさしかかるころようやく部屋へ帰った。そうして力なく机に両方の肱《ひじ》をついて、頰《ほお》のようにほのかに赤らみ、腮《あご》のようにふくらかにくびれた水蜜《すいみつ》を手のひらにそうっとつつむように唇《くちびる》にあててその濃《こまやか》なはだをとおしてもれだす甘《あま》い匂《におい》をかぎながらまた新《あらた》な涙《なみだ》を流した。（後篇二十二）

なぜこのような終わり方なのかと、疑問に思われたのですね。

逆に言えば、理想の終わり方があったのに、そうなっていないということでしょうか。どう終わればよかったと思いますか。

――現代に戻《もど》らず回想のままで終わっているのですが、もう一度現代に戻《もど》ればいいのに、と思いました。

なるほど。現代に戻《もど》して、あの小箱を閉じてほしい。思い出の小箱から取り出した銀の匙を戻《もど》して、蓋《ふた》を閉じてほしいということですね。もっともな意見だと思います。

これについては解釈《かいしゃく》がいくつかあると思います。中勘助が前篇、後篇と書いて、さらに続きを書く可能性があったのかもしれません。

あるいは、ここで現代に戻《もど》して小箱を閉じてしまうと、あまりにも物語的に整い過ぎてしまうということもあるでしょう。余韻《よいん》が残らないとも言えます。あえて小箱を閉じず、また続いていく日々への余韻を残していると読むことはできるのではないで

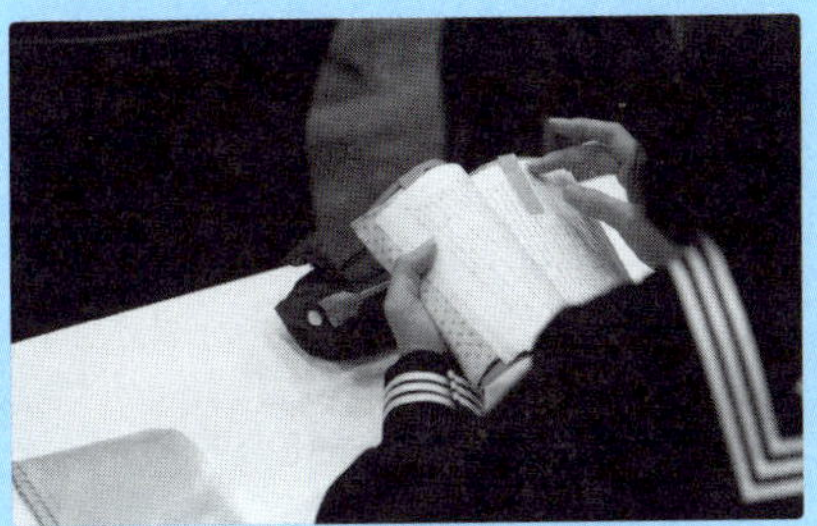

しょうか。

さよならだけが人生だ

もう一つの論点として、なぜ、「後悔《こうかい》する」場面で終わったのかということにも注目したいと思います。

つまり、ハッピーエンドではなく、ポジティブでもない。この終わり方についてみなさんと共に考えてみたいのです。

共通しているのは、前篇はお蕙《けい》ちゃんとの別れ、後篇は姉様との別れで終わっていることです。つまり、この物語全体が大切な人との出会いと別れをテーマにしているという解釈《かいしゃく》もあります。

伯母《おば》さんとの濃密《のうみつ》な時間も、時が過ぎると遠ざかっていく。お国ちゃん、お蕙ちゃん、貞《さだ》ちゃん、姉様。いろんな人と出会っては、遠ざかっていきます。

中でもお蕙ちゃんと姉様との出会いで「私」の気持ちが大きく動きますが、やはり別れなければならない。その出会いと別れの辛《つら》さというものが人生だということが伝わってきます。

この物語を読むと、井伏鱒二《いぶせますじ》*が「勧酒《かんしゅ》」という漢詩を訳した、あの有名な言葉を思い出します。

コノサカヅキヲ受ケテクレ
ドウゾナミナミツガシテオクレ
ハナニアラシノタトヘモアルゾ
「サヨナラ」ダケガ人生ダ

「さよならだけが人生だ」という言葉が表していることを、ふわっと読者に伝える。その余韻が『銀の匙』の終わり方には残されています。これは、お蕙ちゃんへの思い、姉様への思いが今もまだ残っていることにもつながるのではないでしょうか。

＊井伏鱒二

一八九八～一九九三。小説家。広島県加茂《かも》村（現・福山市）生まれ。本名は満寿二《ますじ》。一九二九年『山椒魚《さんしょううお》』で文壇《ぶんだん》デビュー。庶民《しょみん》的ユーモアと哀感漂《あいかんただよ》う作風で独特の位置を占《し》めた。『ジョン万次郎漂流記《まんじろうひょうりゅうき》』（一九三七）で直木賞、『本日休診《ほんじつきゅうしん》』（一九四九～五〇）で第一回読売文学賞、『黒い雨』（一九六五～六六）で野間《のま》文芸賞など受賞多数。児童文学「ドリトル先生」シリーズの翻訳《ほんやく》も行う。釣《つ》り好きで知られ、釣《つ》りにまつわるエッセイも多数。

「後悔《こうかい》」も大切な人生の糧《かて》

文学には、型通りのポジティブシンキングというものは基本的にありません。文学で明らさまにポジティブシンキングをやられるとうんざりします。「こんな過去があったけど、乗り越《こ》えて、忘れて、さあ次に行こう!」とすぐに整理してしまう作品はあまり文学とは言えないのです。

百人一首でも歌人はみな悲しんでいますね。月を見ただけで、このような歌が詠《よ》めるのですから。

月みれば　千々《ちぢ》にものこそ　悲しけれ　わが身一つの　秋にはあらねど

大江千里《おおえのちさと》

私たちの人生は、ポジティブな美しい思い出ばかりでできているのではありません。後悔《こうかい》や怨念《おんねん》や、いろんな思いが沈殿《ちんでん》し、堆積《たいせき》しています。地層のように積み重なっているのです。その思いの地層を掘《ほ》り起こしていく作業がとても大切なのです。後悔《こうかい》の念を後悔《こうかい》の念として、あの時の感情をそのままに取り出し、甘《あま》く切ない思いとともに味わう、これが文学なのです。

「自分の思い出」と共に生きる

さて、最後の場面で、「私」はなぜ姉様に挨拶《あいさつ》しなかったのでしょう。姉様は「私」に「御機嫌《ごきげん》よう」「さようなら御機嫌《ごきげん》よう」と、二度も別れの挨拶《あいさつ》をしてくれています。

姉様は、「私」の淡《あわ》い恋心《こいごころ》を知っていたかもしれません。「あら、なんだかこの子、私のほうをじっと見てるわ」なんて思っていたかもしれない。これは私見かもしれませんが、だいたいにおいて、モテる女性は自分がどう思われているのか敏感《びんかん》に感じ取ります。きっと、「私」の恋心《こいごころ》もわかった上で「御機嫌《ごきげん》よろしゅう。また京都のほうへおいでのこともございましたらどうぞ」と声をかけたのでしょう。

その時、「私」がこんな風にペラペラと話したとしたらどうでしょう。

「お美しいお姉様、私はあなたを見ると幸せだったので、また京都のほうに行ったらぜひ寄らせてもらいます。もう少し大きくなったらお付き合いさせていただいてもよろしいでしょうか。あ、最後に記念に写メもお願いします。あと連絡《れんらく》先など交換《こうかん》させていただけますか」

これでは、ここまでの風情《ふぜい》が台無しです。

最後の最後にお別れの挨拶《あいさつ》もできない「私」のぎこちなさこそが、この小説の味わいでもあります。この部分を読む時、多くの人が自分の中に残っている後悔《こうかい》を思い出すはずです。

「ああ、あの時になぜ好きと言えなかったんだろう」

「ああ、あの時、こうしていれば」

それが青春です。

私はこのような一節に触《ふ》れた時、今更《いまさら》思い出してもどうすることもできないことを思い出すことがあります。

中学を卒業した時、同じ高校に進んだ女の子とお付き合いすることになりましたが、どうしていいかわからず、あまり連絡《れんらく》も取らないままにうやむやになってしまいました。私はただ、自転車でぐるぐると高校の周りを回っていた。こんな経験を、その時にどこからともなく漂《ただよ》ってきた金木犀《きんもくせい》の香《かお》りとともに思い出すのです。

「ああ、あの時、自転車でぐるぐる高校の周りを走りながら金木犀の香《かお》りを嗅《か》いでいる場合じゃなかったんだよ」

そう思って胸がざわめくのです。そのような五感を伴《ともな》った記憶《きおく》のスイッチが、きっとみなさんの周りにたくさんあるはずです。

ああ、この風と同じ風を、あの頃《ころ》感じた。

ああ、この風景は遠い昔、見たことがある。

ああ、この味は、あの人と一緒《いっしょ》に食べたあの味。

ああ、この歌は、あの子を思いながら聞いた歌。

そうして思い返した時、自分の思い出の蓋《ふた》が開きます。あの時できなかったこと、後悔《こうかい》の念、苦い思い出も、いつかふと懐《なつ》かしく蘇《よみがえ》り、「かけがえのない瞬間《しゅんかん》」「輝《かがや》か

しい一瞬《いっしゅん》」となるはずです。
失われた時を惜《お》しむ思い。
これが文学を読む一番の醍醐味《だいごみ》と言ってもいいのではないでしょうか。

COLUMN 3

「姉」末子への想い

勘助は五七歳《さい》まで独身で過ごした。彼《かれ》は「恋愛《れんあい》が性的獲得《かくとく》を目的とし、あるいは要件とするものならば、私は恋愛《れんあい》をもたないし、もちたいとも思わない」と述べている（『街路樹』）。

勘助は、兄嫁《あによめ》である末子を「義姉」ではなく一貫《いっかん》して「姉」と記している。末子は、若くして倒《たお》れた夫と中家を勘助とともに支えるため、理不尽《りふじん》な敵意や虐待《ぎゃくたい》に耐《た》えながら「蜜蜂《みつばち》」のように働いた。さらには家族の無理解から勘助をかばった。

邪気《じゃき》がなく清らかな人柄《ひとがら》で、仏心を持った人、それは「伯母《おば》さん」にも通じる。末子は勘助の理解者であり、敬愛の対象であったのである。

勘助が五八歳《さい》の時に末子が死去(六〇歳《さい》)。その翌年、勘助は末子への想いや末子との細々としたやり取りを思い返し、随筆《ずいひつ》『蜜蜂《みつばち》』にまとめて発表している。

雨も悲し
風も悲し
照る日もまた悲しかりけり
四十年
嵯峨《さが》たる行路
われを守り
われを導き
沮喪《そそう》する我を励《はげ》まし
くずおるる我を起《た》たせ
狂気《きょうき》より癒《い》やし
死より救い
友となり
母となり
手を携《たずさ》えて歩み来し人
たぐいなき善良、柔和《にゅうわ》の人は
ゆきて帰らず旅立ちたれば
夜も悲し
昼も悲し
朝ゆうもまた悲しかりけり

（『蜜蜂《みつばち》』より）

第4講

現代社会で本を読むということ

読書で一人の時間を持て

本を読むということは、一人の時間を楽しむということです。

時には誰《だれ》かと一緒《いっしょ》に音読することもありますが、基本的に読書は一人きりの時間です。充実《じゅうじつ》した一人きりの時間を持つのは大切なことだと思います。私は、それを否定的に孤独《こどく》とは考えません。

今の時代、みなさんは忙《いそが》しく、一人きりの時間を持つことが難しくなっています。それは、子供にも大人にも共通して言えることです。

学校や会社が終わり、家に帰って一人でいる時も、SNSでおしゃべりをしてしまう。寝《ね》る直前まで常に誰《だれ》かとつながっている。これは、実質的には一人きりの時間とは言えません。

私がみなさんに持っていただきたいのは、本を読み、静かに自分を深めていく時間です。

今は、スマホを開けばツイッターやフェイスブックから情報が溢《あふ》れるように流れて

きます。指一本でネットサーフィンもどんどんできる。私たちはその流れに流されて、まさにサーフィンをするように、ただ表面をさらりと撫《な》でながら移動しているような状態です。

人格は読書で培《つちか》われる

一方、本を読むというのは、ちょっと面倒《めんどう》でしんどいことかもしれません。しかし、文学は私たちにスマホとは全く異質の体験を与《あた》えてくれます。

これまでにお話ししたように、作者の思考の深さに誘《いざな》われて自身の体験や意識の海の中に深く潜《もぐ》っていくことができます。静かな美しい一人の時間を作る手助けともなるのです。そのような読書体験をした時間が、自身の人格を深めることにつながります。

人格というのは、単に優しいとか優しくないとか、怒《おこ》りっぽいとか泣き上戸《じょうご》という生まれ持った気質の問題ではありません。より深く、より大きな人格は、読書によって培《つちか》われると言ってもいいでしょう。

たとえば、西郷隆盛《さいごうたかもり》*は、大変な人格者で人望があったと言われています。彼《かれ》は生まれた時からそうだったのでしょうか。そんなことはありません。

西郷の語録『南洲翁遺訓《なんしゅうおういくん》』には、西郷が二度目に島に流された時、悲惨《ひさん》な環境《かんきょう》の中で勉強し、儒学者《じゅがくしゃ》である佐藤一斎《さとういっさい》*の『言志四録《げんししろく》』から一〇一の言葉を抜《ぬ》き出し学んだと記されています。西郷が座右の銘《めい》としていた「敬天愛人《けいてんあいじん》」という考えも、そこから生まれたものです。ほかにも多くの本を読んだといわれるように、万巻《ばんかん》の書を読むことで自らを培《つちか》っていったのです。

本を読み、見識を広げる。そして人間理解力を深め感性を豊かにする。知見や教養、豊かな感性というものが渾然《こんぜん》一体となって人格を深めます。生まれ持っての気質だけではなく、本を読むことが人を深めるということをまずは押《お》さえておかなければなりません。

＊西郷隆盛

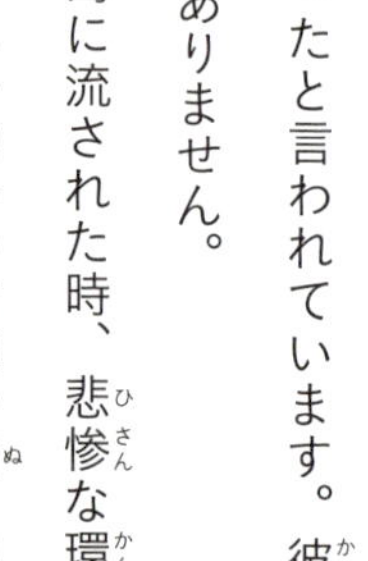

一八二八〜七七。幕末・明治期の薩摩《さつま》藩士《はんし》、政治家。幼名は吉之助《きちのすけ》。号は南洲。鹿児島《かごしま》城下の下加治屋町生まれ。一八五四年、薩摩藩主《さつまはんしゅ》の島津斉彬《しまづなりあきら》の側近に抜擢《ばってき》されるも、一八五八年の斉彬急逝《きゅうせい》後、二度の島流しに。復帰後は京都で政治工作に奔走《ほんそう》、薩長同盟や王政復古で重要な役割を担い、江戸《えど》無血開城を成功させ、戊辰《ぼしん》戦争を指導。大久保利通《おおくぼとしみち》、木戸孝允《きどたかよし》と共に維新三傑《いしんさんけつ》の一人とされる。一八七七年、西南戦争の指導者となるが、敗れて自刃《じじん》。没後《ぼつご》の一八九〇年、国家の理想の姿や社会で活躍《かつやく》する心構えをまとめた語録『南洲翁遺訓《なんしゅうおういくん》』が出版された。

「私」が感じる、世界の息苦しさ

昔の日本人は、こうした本の力をよく知っていたので、本を読むことに非常に重きをおいていました。

しかし今では、大学生の四五パーセント以上が月に一ページも本を読まないという驚《おどろ》くべき調査結果が出ています。* この統計が確かならば、私たちは大変な時代に遭《そう》遇《ぐう》している。危機的な状況《じょうきょう》です。

文学は、ささやかなことに価値を見いだすものです。それがポジティブな感情であっても、ネガティブな感情であっても、豊かな感情世界を大切にします。人としての心の綾《あや》なすやりとりを大事にします。

その対極にあるのが『銀《ぎん》の匙《さじ》』の主人公の嫌《きら》いな「修身《しゅうしん》」の時間です。

私のなにより嫌《きら》いな学課は修身だった。高等科からは掛《か》け図をやめて教科書をつかうことになってたがどういう訳か表紙は汚《きたな》いし、挿画《さしえ》はまずいし、紙質も

＊佐藤一斎
一七七二～一八五九。幕末の儒《じゅ》者《しゃ》・漢学者。江戸《えど》生まれ。学風は陽明《ようめい》学と朱子《しゅし》学を折衷《せっちゅう》、陽朱《ようしゅ》陰王《いんおう》と言われた。幕末の志士・佐久間象山《さくましょうざん》、渡辺崋山《わたなべかざん》、吉田松《よしだしょう》陰《いん》などに影響《えいきょう》を及《およ》ぼす。『言志四録』は四〇年間執筆《しっぴつ》された語録。変革期における人間の生き方に関する処世の心得が書かれている。

＊全国大学生活協同組合連合会が二〇一六年二月二四日に公表した「第51回学生生活実態調査の概要《がいよう》報告」

活字も粗悪《そあく》な手にとるさえ気もちがわるいやくざな本で、載《の》せてある話といえばどれもこれも孝行息子が殿様《とのさま》から褒美《ほうび》をもらったの、正直者が金持ちになったのという筋の、しかも味もそっけもないものばかりであった。おまけに先生ときたらただもう最も下等な意味での功利的な説明を加えるよりほか能がなかったので折角の修身は啻《ただ》に私をすこしも善良にしなかったのみならずかえってまったく反対の結果をさえひき起した。このわずかに十一か十二の子供のたかの知れた見聞、自分ひとりの経験に照《てら》してみてもそんなことはとてもそのまま納得ができない。私は　修身書は人を瞞著《まんちゃく》するものだ　と思った。それゆえ行儀《ぎょうぎ》が悪いと操行点をひかれるという恐《おそろ》しいその時間に頬杖《ほおづえ》をついたり、わき見をしたり、欠伸《あくび》をしたり、鼻唄《はなうた》をうたったり、出来るだけ行儀《ぎょうぎ》を悪くして抑《おさ》え難い反感をもらした。

（後篇十）

修身というのは旧制小中学校での道徳授業として、一八九〇年から教育勅語《きょういくちょくご》*のもとで行われていた教科です。身を正しく修《おさ》め、立派な行いをするように「あるべき姿」

＊教育勅語

明治天皇の名で道徳の根源、教育の基本理念を明示した勅語《ちょくご》。正式には「教育ニ関スル勅語」。家族国家観に基づく忠君愛国と儒教《じゅきょう》道徳を説く。一八九〇年一〇月三〇日発布後、謄本《とうほん》を全国の学校に配付。学校で奉読《ほうどく》され、道徳・教育活動の最高原理として権威《けんい》をもち、修身科をはじめ諸教科の内容が規制された。戦後の一九四八年に廃止《はいし》。

を教えるものです。

これが正しい、立派だという基準が固定化すると、その常識から外れる人は「いけない」「許せない」「信用できない」と極端《きょくたん》に排斥《はいせき》されてしまうこともあります。単一的な価値観は人間観を狭《せば》め、枠《わく》に収まらない人を批判するようになってしまう可能性を常に含《ふく》んでいるのです。

『銀の匙』の中で、「私」はそのような世界を理不尽《りふじん》だと思い、息苦しさを感じています。

寛容《かんよう》さは教養がもたらす

文学は、「こうあるべき」というような良識や常識の枠《わく》を超《こ》えています。自分の感性が花開いた状態を肯定《こうてい》していくものです。それ自体は経済的な価値があるとは思えないものでも、ささやかなことに価値を見いだします。

そういう文学体験がないままに「こうあるべき」を教え込《こ》まれると、薄《うす》っぺらい人

間になり、その人たちが集まって薄《うす》っぺらい社会を作ってしまう。時代は進み、情報は豊かになる一方で、生きることについて何も考えない人が増えていく。私はそのことに危機を感じます。

最近の一部のワイドショーやインターネット、ＳＮＳの状況《じょうきょう》を見ていると、相互《そうご》監視社会《かんししゃかい》、さらには相互断罪社会《そうごだんざいしゃかい》へどんどん変化しているような気がしてなりません。

こんなに文明が進んで、価値観が多様になったはずなのに、この柔軟性《じゅうなんせい》のなさはどこから来るのだろうと考えた時、文学を読んでいない人が増えていることに行き当たるのです。

「心は自由であり、どのように動いてもいい」

それが、『銀の匙』の世界です。そのような自由さこそが人間社会にとって非常に大切なものです。一人ひとりの心の自由な動きを大切にするということ、本来はそれが人権なのだと思います。

こうした寛容《かんよう》さは教養がもたらすものです。人間にはこういうことも起こりうる、こういう価値観もある。そんな多様性を様々な文学を通して、一人の時間に骨まで染

み込《こ》ませる。そうすることで、人間に対する理解が深まります。人を表面的なところでしか見られないのは、人間理解の深さが足りないからです。

この人の背景にはこういうことがあったのだろう。この人は一見過激《かげき》なことを話しているけど、もしかするとこういう価値観で話しているのかもしれない。この人のプライドはこういうところにあるのかもしれない。そのように、様々に考えられるようになる。それが本当の人間の深さだと思います。

今、君の命は燃えているか

さらに文学には、命の火が燃えています。

特にこの『銀の匙』の「私」からは、命が燃えていることを感じ取ることができます。炎《ほのお》のように激しくなくとも、チロチロと小さく、でも絶《た》え間《ま》なく命の火が燃え続けている。一瞬《いっしゅん》一瞬《いっしゅん》を生きている感じがします。

さて、あなたはどうでしょう。

「今、君の命は燃えているか」と聞かれた時、「いや、特に燃えてません」と答える人が多いとすれば、それはもったいないことです。

この一瞬一瞬《いっしゅんいっしゅん》を大切に生きるという生き方を、文学を通して学んでほしい。何かのために自分を犠牲《ぎせい》にするのではなく、「自分は今この時間を、本当に生きていると言えるのか」と胸に手を当てて考えてみてほしいのです。

文学の世界には、友達とのたわいのないおしゃべりの中では到達《とうたつ》できない世界が描《えが》かれています。私たちは、詩人や文学者の感性に導かれ、初めてその世界に触《ふ》れることができます。

たとえば、中原中也《なかはらちゅうや》の「汚《よご》れつちまつた悲しみに……」。

汚《よご》れつちまつた悲しみに
今日も小雪の降りかかる
汚《よご》れつちまつた悲しみに
今日も風さへ吹《ふ》きすぎる

この詩のような境地《きょうち》に、誰《だれ》もが自分一人でたどり着くことはできません。「汚《よご》れつちまつた悲しみ」なんて思いもつかない。でもこの詩を読めば、ぼんやりとでも中原中也の感性に、触《ふ》れることはできます。

たとえば、夏目漱石《なつめそうせき》の『こころ』。あのようなとても暗い重い文学を学生時代に読むことは大事なことです。普段《ふだん》は考えていなかったような、「生きるとは何か」というような問いが立ち上がってくるからです。

文学を通して、自分だけでは到達《とうたつ》できないような高みとも言える感覚を味わいながら、私たちは「ああ、こういう豊かな世界があるんだな」と、世界の断片に触《ふ》れることができるようになるのです。

体験が乏《とぼ》しい現代の子供たち

『銀の匙』では豊かな子供時代が描《えが》かれていて、ある程度の世代以上は、本書を読むことで自分の子供時代の感覚が豊かに蘇《よみがえ》ってくるような体験ができます。

私は一九六〇年生まれですが、子供時代の実際の体験はとても豊かだったと思います。田舎のおばあちゃんの家に遊びに行って一緒《いっしょ》にお茶の葉を摘《つ》んだこと、お茶の葉を踏《ふ》んだ時の香《かお》り、豚《ぶた》の背中に乗って遊んだ時のこと、鳥を捕《つか》まえようとした時の工夫、回《まわ》り灯籠《どうろう》*が燃えてしまって慌《あわ》てたこと、木の節《ふし》が化け物に見えて怖《こわ》かったこと……。

昔は親戚《しんせき》や近所の人との関わりも多く、何十人もの親戚《しんせき》と集まってお正月を過ごしたり、様々な人間を見たりする機会がありました。私もたくさんのおばさんたちに可愛がられましたし、街には面白い人もいました。

あまりタブーのない時代でしたので、酔《よ》っ払《ぱら》って半裸《はんら》で道を歩いている人もいました。女の人でもシミーズで夕涼《ゆうすず》みをしていたほどです。職人さんが大勢集まって酒を飲んでいる様子も子供の頃《ころ》から見ていました。多様な人間の日々の営みを身近に見てきた経験は、今思えば私の大きな財産になっています。

このように、子供の頃《ころ》に様々な体験をしてきた大人たちは、子供の世界はいつだって豊かだと思いがちですが、今の子供たちは体験の絶対量が限られています。

＊回り灯籠
灯籠《とうろう》の一種。走馬灯、影灯籠《かげとうろう》ともいう。外枠《そとわく》に薄紙《うすがみ》や布を張り、内側に切り絵を貼《は》った円筒《えんとう》を、中心にろうそくを立てる。ろうそくに火をつけると円筒《えんとう》が回り、切り絵の影《かげ》が回りながら外枠《そとわく》に映って見える。

家族の人数も、付き合う人間も少なく、来客がほとんどない家も多いでしょう。最初から遊び方が決められたおもちゃで室内で遊び、テレビを見てゲームをし、映像世界に囲まれて育つ子供もいます。

小さい頃《ころ》から塾《じゅく》に通い続けていれば、放課後の時間は受験勉強に費《つい》やしているでしょう。学校と塾《じゅく》と家を行ったり来たりで、多様な体験をする機会はぐっと減ってしまうかもしれない。でも、そんな忙《いそが》しい中でも、ふと立ちどまって、風を感じてまわりの草や木に触《ふ》れてみてください。現実の世界を身体で感じとる時、いわば「中《なか》勘助《かんすけ》的時間」を持ってください。

身体感覚の重要性

私は漫画《まんが》もアニメも大好きです。漫画《まんが》を読み、アニメや映画を観ることも一つの体験ではありますが、子供と大人では質の違《ちが》う体験になるということも忘れてはなりません。

川や海で遊んだ、海水浴に行った、そんな実際の経験があってこそ、海を舞台《ぶたい》にした映画を観た時に、五感を伴《ともな》って海を感じられるのです。その基本的な自身の体験がなければ、体験の質は異なるものになります。

宮崎駿監督《みやざきはやおかんとく》が、『となりのトトロ』を何十回も見ている子供たちのことを知って、そんなことをさせていてはダメなんだ、という趣旨《しゅし》の発言をされていました。

「機動戦士ガンダム」シリーズの総監督《かんとく》、富野由悠季《とみのよしゆき》＊さんと話した時も、「若いアニメーターには身体感覚がない。アニメを見てアニメを描《えが》いているんだ」と嘆《なげ》いていました。

宮崎さんも富野さんも、しっかりとした身体感覚がある世代です。その身体感覚をもとにアニメーションを作っています。そして大人は自分の身体感覚があるからこそ、映画を観て蘇《よみがえ》ってくる体験があるのです。

＊富野由悠季

一九四一〜。日本のアニメ監督《かんとく》、演出家、脚本家《きゃくほんか》。小田原生まれ。一九六四年、虫プロ入社。日本初のテレビアニメシリーズ『鉄腕《てつわん》アトム』の制作に携《たずさ》わる。一九六七年に退社後はフリーの演出家に。日本のアニメ界を草創期から支えてきた。代表作は『機動戦士ガンダム』などの「ガンダム」シリーズ。

体験の基盤《きばん》を作るには

子供たちの実際の体験が減っていくことは私も残念に思います。これからは、身の周りが全部映像化されて情報だけの世界になり、もとになる経験がほとんどなくなってしまう可能性もあるのではないかと思っています。実際にどんな体験をしてきたのかを問い、あれこれ言うことさえ虚《むな》しい時代に入るかもしれません。

考えてみれば、私だって戦争を知らない世代です。『銀の匙』のこんな一節を自分の経験として持っているかというと、そうではありません。

「先生は戦争にでるのだからもう二度とあえないかもしれないが皆《みな》は今度の先生のいうことをよくきいて勉強して偉《えら》い人にならなければいけない」といったというのをきき急にはらはらと涙《なみだ》をこぼしたものでみんなはあっけにとられて私の顔を見つめ、なかには目ひき袖《そで》ひき軽蔑《けいべつ》の笑いをもらす者もあった。

（後篇 一）

戦争を経験している世代に比べたら、私の世代の体験なんて平板なものです。しかし、それなりの時代を生きたという実感を体験するために、今できることを考えなければなりません。

特別な体験をわざわざする必要はありませんが、子供には子供時代をしっかりと生きさせてあげることが大事だと思います。

日々暮らしている世界の中で出会う、ささやかなことでいいのです。五感や身体感覚を伴《ともな》った、全ての基盤《きばん》になるような体験を捉《とら》えることが大事なのです。

田舎でも都会でも、風を感じることは誰《だれ》にでもできます。お母さんやお父さんと手をつないで歩く、落ち葉を踏《ふ》んだらカサカサ音がする、味噌汁《みそしる》からゆらゆらと湯気が立っているのを眺《なが》める……。

基盤《きばん》になるそのような体験があれば、実際には体験したことのないことが書かれていても、思いを巡《めぐ》らせ、何かそこから想起することができるはずです。

『銀の匙』に、お蕙《けい》ちゃんとの印象的な場面がありました。

ある晩私たちは肱《ひじ》かけ窓のところに並んで百日紅《さるすべり》の葉ごしにさす月の光をあびながら歌をうたっていた。そのときなにげなく窓から垂《た》れてる自分の腕《うで》をみたところ我ながら見とれるほど美しく、透《す》きとおるように蒼白《あおじろ》くみえた。それはお月様のほんの一時のいたずらだったが、もしこれがほんとならばと頼《たの》もしいような気がして

「こら、こんなに綺麗《きれい》にみえる」

といってお蕙ちゃんのまえへ腕《うで》をだした。

「まあ」

そういいながら恋人《こいびと》は袖《そで》をまくって

「あたしだって」

といって見せた。しなやかな腕《うで》が蠟石《ろうせき》*みたいにみえる。二人はそれを不思議がって二の腕《うで》から脛《はぎ》、脛《はぎ》から胸と、ひやひやする夜気に肌《はだ》をさらしながら時のたつのも忘れて驚嘆《きょうたん》をつづけた。（前篇四十八）

＊蠟石
蠟《ろう》のような光沢《こうたく》で、やわらかい感触《かんしょく》の石。耐火《たいか》レンガ、タイル、うわぐすり、石筆《せきひつ》などに使う。

私にはこのように、月の光に肌《はだ》をさらして「ひやひやする夜気」を感じたような体験はありません。

しかし、月夜のひんやりした感覚には覚えがあります。それを思い出しながらこのような美しい情景を思い浮《う》かべると、実際に腕《うで》にひんやりとした感触《かんしょく》を感じることができるのです。

子供の心で周囲を眺《なが》める

最後に、ぜひみなさんと一緒《いっしょ》に音読したいところがあります。

「私」が、羊羹《ようかん》の箱で蚕《かいこ》を大切に育てた時のことを思い返す場面です。

「私」は、「お蚕《かいこ》様はもとお姫様《ひめさま》だった」と伯母《おば》さんに教えられ、おはよう、御機嫌《ごきげん》ようと挨拶《あいさつ》をし、美味しそうな桑《くわ》の葉を選んで与《あた》え、せっせと育てます。

そしてある日、蚕《かいこ》が繭《まゆ》を作り、繭《まゆ》から孵《かえ》ります。

蚕《かいこ》が老いて繭《まゆ》になり、繭《まゆ》がほどけて蝶《ちょう》になり、蝶《ちょう》が卵をうむのをみて私の智識は完成した。それはまことに不可思議の謎《なぞ》の環《わ》であった。私は常にかような子供らしい驚嘆《きょうたん》をもって自分の周囲を眺《なが》めたいと思う。人びとは多くのことを見馴《みな》れるにつけただそれが見馴《みな》れたことであるというばかりにそのままに見すごしてしまうのであるけれども、思えば年ごとの春に萌《も》えだす木の芽は年ごとにあらたに我らを驚《おどろ》かすべきであったであろう、それはもし知らないというならば、我我はこの小さな繭《まゆ》につつまれたほどのわずかのことすらも知らないのであるゆえに。（後篇八）

素晴らしいですね。

ぜひみなさん三色ボールペンを持って、「私は常にかような子供らしい驚嘆《きょうたん》をもって自分の周囲を眺《なが》めたいと思う」というところに赤で強く線を引いてください。そして、「子供らしい驚嘆《きょうたん》」というところをぐるぐる囲んでほしいと思います。

「子供らしい驚嘆《きょうたん》を持って自分の周囲を眺《なが》める」

これこそが『銀の匙』の核《かく》となるテーマです。

大人になるにしたがって、何を見ても驚《おどろ》かなくなってしまう人がいます。

「ああ見た。知ってる、知ってる」

「ああ、あれね。そんなもんでしょ」

そんな反応では本当の世界は捉《とら》えられません。

大切に育てた蚕が桑《くわ》の葉を食べて大きくなり、繭《まゆ》を作り、繭《まゆ》から蛾が出てくる。子供の時に初めてその様子を見たら、「はっ!」という驚《おどろ》きがあるはずです。

中勘助は、その驚嘆《きょうたん》を持って、全てのものを眺《なが》めてみたいと思う、と言っている。これは大変な覚悟《かくご》です。常にその新鮮《しんせん》な魂《たましい》を維持《いじ》し続けるということです。

全ては「驚《おどろ》き」から始まる

みなさんにはこの先、子供らしい驚嘆《きょうたん》の目を常に持ちながら生活してほしい。そのためには、日々新たに驚《おどろ》くことです。

「はっ！」「はっ！」「はっ！」の連続です。

めんどくさいと思いますか。受験の時くらい休まないと、勉強できないよ。仕事が忙《いそが》しくてそんなことやってられないよ。そう思いますか。

たとえば勉強をしていて三平方の定理に出会った時、「はっ、すごい、すごすぎるよ、ピタゴラスの定理！」と驚《おどろ》き、理科の時間には「うわっ、すごいよ、オームの法則！」と驚《おどろ》く。

そのように、学びながら驚《おどろ》き続けられる人は、真の科学者になるはずです。真の科学者とは、「あ、これも不思議！」「あれも不思議！」「あれも知りたい！」「これも知りたい！」と、子供らしい驚嘆《きょうたん》を持ち続けられる人です。

子供らしい驚嘆《きょうたん》を持ち続けている人は、想像力が豊かで、アイデアもどんどん生まれることでしょう。これからはアイデアが価値を持つ時代です。世界に対する驚《おどろ》きを忘れてしまい、「それは無理ですよ」「現実的には難しいな」「悩《なや》ましい問題です」なんてことばかり言う大人になってしまうと、仕事はきっと行き詰《づ》まってしまいます。

知の探求を続けよ

私は本をたくさん書いていますが、それができるのも、きっと私が子供っぽいからだと思っています。私はいい年をした大人です。社会のルールも知っていて、我が子二人も成人しています。

しかしながら心の中のどこかに、小学校三年生の時にはしゃいでいた私がいます。あの頃《ころ》から全く変わっていない私が、ずっと私の中にいる。新しい発見をすると、その私がはしゃぎ始めます。みなさんもお気づきかと思いますが、今もまさに、はしゃいでいます。

ニュートン*はこんな言葉を残しています。

自分は浜辺《はまべ》で遊んでいる少年のようなもので、真実の大海がまだ発見されぬまま眼前に広がっているにもかかわらず、普通《ふつう》より余計につるつるした小石や、とりわけきれいな貝殻《かいがら》をときおり見つけては興じているにすぎない。

＊ニュートン

一六四二〜一七二七。イギリスの物理学者、天文学者、数学者。自然科学（物理・数学・天文）史上最大の科学者の一人。リンカンシャー州生まれ。一六六一年、ケンブリッジ大学のトリニティ・カレッジに入学。主著『自然哲学《てつがく》の数学的原理（プリンキピア）』（一六八七）で、万有引力の法則について述べ、古典数学を完成させ、古典力学（ニュートン力学）を創始。光学では、太陽光をプリズムに通すと虹《にじ》のような色の光の帯（スペクトル）が現れる現象を発見。ニュートン式反射望遠鏡の製作でも有名。

また、プラトン*の『テアイテトス』にはこんな話があります。ソクラテス*がある青年と話をしている時のことです。対話をすすめるうちに青年が、「一体これらは何なのかしらと私は一方《ひとかた》ならず驚《おどろ》き（中略）目がくらむことさえあります」と言います。ソクラテスは、「実にその驚異《きょうい》の情《こころ》こそ知恵《ちえ》を愛し求める者の情なのだからね。つまり、求知（哲学《てつがく》）の始まりはこれよりほかにはないのだ」と言いました。

自分で気づくことが一番大事。驚《おどろ》きの感情こそ知の探求の始まりであり、哲学《てつがく》の始まりであるということなのでしょう。つまり、子供らしい驚嘆《きょうたん》を持ち続けるということは、知の探求の始まりだと言えるのです。

この本を手にしたみなさんには、いつか最期《さいご》を迎《むか》える時まで子供らしい驚嘆《きょうたん》を持ち続けるという覚悟《かくご》を、今この場で決めてほしいと思います。

自分の心を動かしてくれる力

中勘助《なかかんすけ》の『銀の匙』を読むと、「文学的な感性を持って生きたい！」という願望を

＊プラトン

前四二七〜前三四七。古代ギリシアの哲学者《てつがく》。アテネに生まれる。青年期に政治、文学、科学に関心を持ち、ソクラテスを師と仰《あお》ぐ。その後、師の不条理な死と当時の政治情勢に対する失望から哲学《てつがく》の道に入る。著作のほとんどはソクラテスを中心とする対話篇。イデア論を提唱し、哲学《てつがく》を一つの学問として大成した。

刺激《しげき》されます。それは、中勘助自身の生き方でもあるからです。

多くの人はやがて、子供時代の新鮮《しんせん》な感覚を忘れてしまいます。しかし、何かのきっかけで蓋《ふた》を開けると子供らしい驚嘆《きょうたん》を取り戻《もど》せるような、柔《やわ》らかな心を持ち続けてほしい。

そしていつか、本棚《ほんだな》に置いておいた『銀の匙』をふと開けば、この本はみなさんに再び力を与《あた》えてくれるはずです。きっと、きみたちの魂《たましい》を清らかに潤《うるお》す泉のような存在になるでしょう。

それはまるで、太宰治《だざいおさむ》*の『走れメロス』に出てくる「泉」のようなものです。

メロスは竹馬《ちくば》の友であるセリヌンティウスとの約束を守るため、濁流《だくりゅう》を泳ぎ切り、山賊《さんぞく》を打ち倒《たお》し、韋駄天《いだてん》のごとく走り、灼熱《しゃくねつ》の太陽の下に倒《たお》れます。

そして絶望し、諦《あきら》めかけた時に、水の流れる音を聞きました。

ふと耳に、潺々《せんせん》、水の流れる音が聞えた。そっと頭をもたげ、息を呑んで耳をすました。すぐ足もとで、水が流れているらしい。よろよろ起き上って、見ると、

*ソクラテス

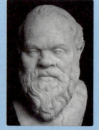

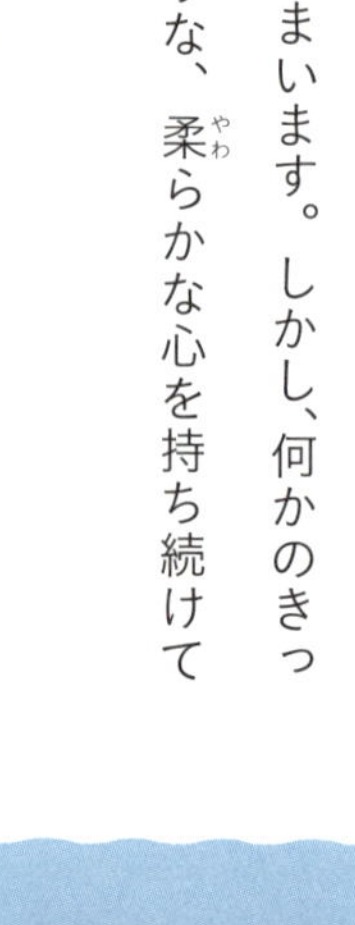

前四七〇／六九～前三九九。古代ギリシアの哲学《てつがく》者。アテネに生まれる。前半生はほぼ不明。よく生きることを求め、町の人々と善・徳について哲学《てつがく》的対話を交わすことを仕事とした。しかし、この活動は反対者の告発を受け、裁判で死刑《しけい》を宣告され、獄中《ごくちゅう》で毒杯《どくはい》を仰《あお》いで死んだ。著作は残さなかったが、その姿は弟子プラトンとの対話篇『ソクラテスの弁明』『クリトン』『饗宴《きょうえん》』等に描《えが》かれる。『テアイテトス』は中期末における、知識とは何かを徹底的《てっていてき》に問う対話篇。

岩の裂目《さけめ》から滾々《こんこん》と、何か小さく囁《ささや》きながら清水が湧《わ》き出ているのである。その泉に吸い込《こ》まれるようにメロスは身をかがめた。水を両手で掬《すく》って、一くち飲んだ。ほうと長い溜息が出て、夢から覚めたような気がした。歩ける。行こう。肉体の疲労恢復《ひろうかいふく》と共に、わずかながら希望が生れた。義務遂行《すいこう》の希望である。

あなたがいつか、絶望した時、もう走れないと思った時に、あなたの心の中にある美しい水の流れの源泉に行き、ひとくち口に含《ふく》んでほしいのです。そして、忘れていた子供時代を思い出し、子供らしい驚嘆《きょうたん》を取り戻《もど》すことができれば、再び走る力を取り戻《もど》すことができるでしょう。

その泉は常にあなたの中にあります。子供時代はすべての人にとって特別な世界です。あなたの中には、あなたの子供時代が必ず眠《ねむ》っているのです。

ドストエフスキーの『カラマーゾフの兄弟』のラストで、アリョーシャは少年たちにこう言います。

＊太宰治

一九〇九〜四八。小説家。青森県北津軽郡金木村《きたつがるぐんかなぎ》（現・五所川原市）生まれ。本名は津島修《つしましゅう》治《じ》。東京帝国《ていこく》大学仏文科中退。井伏鱒二《いぶせますじ》に師事。一九三六年、処女作品集『晩年』刊行。一九三九年、井伏の仲介《ちゅうかい》で石原美知子と結婚《けっこん》し、『富嶽百景《ふがくひゃっけい》』『女生徒』（共に一九三九）『走れメロス』（一九四〇）などの秀作《しゅうさく》を書く。戦後『ヴィヨンの妻』『斜陽《しゃよう》』（共に一九四七）などで流行作家となるも、『人間失格』（一九四八）を最後の作品として山崎富栄《やまざきとみえ》と玉川上水に入水《じゅすい》自殺。

いいですか、これからの人生にとって、何かすばらしい思い出、それも特に子供のころ、親の家にいるころに作られたすばらしい思い出以上に、尊く、力強く、健康で、ためになるものは何一つないのです。君たちは教育に関していろいろ話してもらうでしょうが、少年時代から大切に保たれた、何かそういう美しい神聖な思い出こそ、おそらく、最良の教育にほかならないのです。そういう思い出をたくさん集めて人生を作りあげるなら、その人はその後一生、救われるでしょう。

文学というものは、自分の心を動かしてくれる力を持っています。時に、思い出の世界に引き戻《もど》してくれます。そして、人間の理解を深める助けとなります。そのような計り知れない価値のある体験を、どうぞこれからも大切にしてください。

いつかまたこの本を開いた時、三色ボールペンの書き込《こ》みを発見し、みなさんと私とで、『銀の匙』を読んだこの時間を思い出していただければ幸いです。

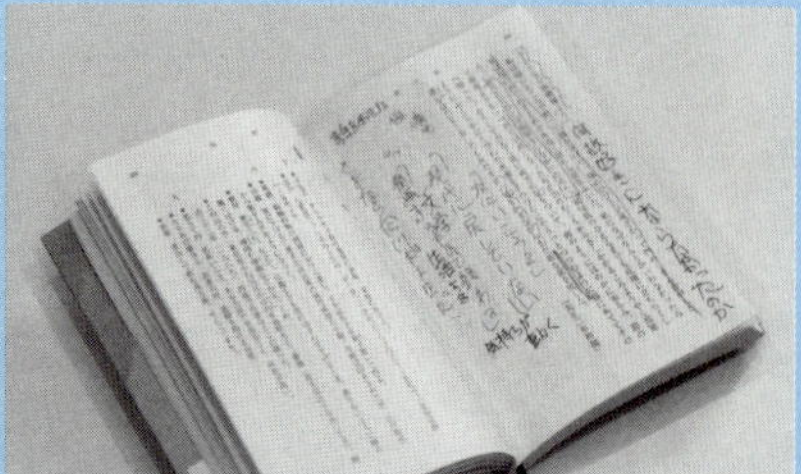

2017年10月18日、筑波大学附属《ふぞく》中学校にて。生徒たち15名と

COLUMN 4

穏《おだ》やかな日々

「姉」末子の死により、一人で兄の世話をすることが難しいと感じた勘助は、五八歳《さい》にして姪《めい》の親友である四二歳《さい》の和との結婚《けっこん》を決意した。その結婚《けっこん》披露《ひろう》の当日、偶然《ぐうぜん》にも兄金一は急死している。前出の『蜜蜂《みつばち》』の最後に、このような文章がある。

「父の歿後《ぼつご》、兄さんの最初の発病以来、三十三年のあいだに母を見おくり、あなた（末子）を見おくり、今また兄さんを見おくって、家族に関するかぎりやっと私の役目を果した今、ほかの仕事の完成とちがってそこにすこしの喜びもなく、とにかくおろした重荷のかわりに今度は肩《かた》がわりのできない寂寥《せきりょう》を背負って歩かねばならぬことになりました」

結婚《けっこん》後一年を経て、勘助と和は静岡《しずおか》県に転地静養、疎開《そかい》した。また、勘助が六四歳《さい》から八一歳《さい》で亡くなるまでは、東京中野の和の生家に同居し、平穏《へいおん》な日々を送っている。

以下の詩は、勘助のこれまでの凄絶《せいぜつ》な半生を振《ふ》り返ったもののように感じられる。

風のごとし

路傍《ろぼう》の裸木《はだかぎ》に木の実かれさがり
刈田《かりた》のはさに鳥だまつて尾《お》を振《ふ》る
やなぎの葉おちて堤《つつみ》さびしく
藁科《わらしな》川水ほそりて瀬瀬《せぜ》の音かすかなり
落日を眺《なが》めつつ六十年の行路を思ふ
あだかも吹《ふ》きすぐる一陣《いちじん》の風のごとし
まことに風のごとし
また風のごとし

昭和一八、一二、一五（『中勘助詩集』より）

特別授業を受けて――生徒たちの感想

生徒A

今まで自分は『銀《ぎん》の匙《さじ》』の何を読んでいたのだろう、と思った。この『銀の匙』を最大限楽しめていなかった。回想シーンの描写《びょうしゃ》の細かさ、面白くて美しい日本語など、この本は声に出したり線を引いたりすることで、最大限に楽しむことができるのだ。今回の授業で、私の読書のしかたが一八〇度変わった。せっかく本を買ったのなら、頭で、口で、目で楽しまないともったいないのだ。

生徒B

正直に言うと、劇的な起承転結がない文学作品を読むことはつまらないし、苦手な分野である。では、どう楽しめば良いのか。齋藤《さいとう》先生がおっしゃるにはまず、声に出して読むこと。そして読んで理解したことを人に話すこと。語っているうちに自分自身が盛り上がり、楽しい気分になるそうだ。文学は物語性を楽しむものではないのかもしれない。五感をつかって、言葉や文章を味わいながら読む。速さを要求される時代だからこそ、ゆっくりと時間をかけて読書をすることの大切さに気付くことができた。

生徒C

今流行の本は物語の展開が重視されるけれど、起伏《きふく》は少ないが名作といわれている物語を読む良さがあることを教えていただきました。

生徒D

私は心の底にあるものを、もっと「読み解く」ことができたような気がする。齋藤先生は「あなた達の世代には分からないことが多い」という話から授業を始めた。そう、この『銀の匙』には私達には分からないことがとても多く収録されていて、例えば「ほおずき笛」なんて、どんな笛かも分からない。でも先生と読み解いていくうちに、これら全てがこの作者世代の「思い出のかたまり」だと気がついた。小さなころの思い出を鮮明《せんめい》にさせてくれる、思い出の「ドア」とも言える存在だったのだ。私もそのような引き金とも言えるものを作ってみようと思う。また、いつか今を振《ふ》り返れるように。

生徒E

私は、齋藤先生の特別授業を受けて、『銀の匙』を超《こ》えて、全てに通じる本の読み方を学ぶことができた。特に、本にペンでいろいろなことを書き込《こ》むということは思いもよらなかった。実際に、自分が面白いと思ったり重要だと思ったりしたところに線を引きながら読んでみると、ただ読み進めていたときより頭の中のイメージがより鮮明《せんめい》になり、話に深く入り込《こ》むことができた。私は将来、小学校の先生になりたいと思っているので、齋藤先生のような楽しい授業ができる教師を目指したい。

生徒 F

私は今までに本を沢山《たくさん》読んだことがある。でも、本にボールペンで線を引いたことは無かった。なぜなら、ボールペンは消えないから本に書き込《こ》む勇気が無かったからだ。だから今回、齋藤先生の授業で、本にボールペンで線を引くように言われ、始めは驚《おどろ》いた。しかし、書き込《こ》んでいくうちに、本に書き込《こ》むことの重要性がよく分かった。『銀の匙』が目で〝見える〟ようになるのだ。これは齋藤先生の言う「ピンとこない小説」を読むときには必要だと思った。

生徒 G

授業で感銘《かんめい》を受けたのが擬音《ぎおん》・擬態《ぎたい》語の量だ。独特の表現からは著者の豊かな感性も垣間《かいま》見られた。今までテストの読解以外、本に印をつけて読んだことの無かった私だが、授業後も新しい言葉を見つけては音読している。人それぞれ受け取り方が全く違《ちが》うところが文学の力の真骨頂なのだと思う。

生徒 H

私は『銀の匙』を読んだことがなく、今日の授業でこの本の魅力《みりょく》について知ることができました。一番印象に残ったのは、面白い擬態《ぎたい》語の話でした。他の作品ではなかなか出てこない「かりかり」や「ぴいぴい」などの言葉が使われていて、物語の独特な雰囲気《ふんいき》が伝わってきました。たった一〇〇分でしたが内容の濃《こ》い授業でした。

生徒 I

いつも通りに本を読んでいてはいけない。私はそう確信した。あきらかに自分の中で起こった大きな変化だった。この授業で読んだ『銀の匙』は特にこれといった事件や出来事が起こらずに、平凡《へいぼん》に中勘助の子どもの頃《ころ》の思い出を書きつづったものである。と、ここでこの本について考えるのを終えてしまっていた私は、先生の授業を受けて文学の良さ・魅力《みりょく》を今までの倍以上見つけた。本の中でこんなにも面白いたとえがあるのに……というところが何箇所《なんかしょ》もあったのだ。

生徒 J

題名は知っているけど読む機会がなかなかない本の一つだった『銀の匙』。実際に読み込《こ》んでいくと、思ったより奥《おく》の深い本だと感じた。頑固《がんこ》な少年の成長が詳《つまび》らかに記され、それが読者を引きつけるのだと思う。注釈《ちゅうしゃく》を往き来しないとわからないのに、そのテンポの良さからかなりのスピードで読んだ。自伝的小説の魅力《みりょく》にはまったのは初めてで、全体的にはピンとこない話も部分的にはものすごく共感できる、というのが文学の良さだと感じ、とても新鮮《しんせん》だった。

生徒 K

この授業は普通《ふつう》の授業ではなかった。なかでも一番記憶《きおく》に残ったのは、話が文学以外にも逸《そ》れることだった。『銀の匙』から発展し、どんな生き方をしたらいいかなどを滔々《とうとう》と語ってくれたことは今でも覚えている。先生によれば、「常に子どもらしい驚嘆《きょうたん》の心を持って日々を過ごしたらいい」そうだ。私もそう思う。なぜなら、科学の発展などはそんな心がもとになっていると思うからだ。

生徒L

『銀の匙』を最初に読んだとき、「つまらないわけではないけど、面白くもない」というのが率直な感想でした。しかし、齋藤先生は細かい表現をしっかり読んでおり、そこにも文学の面白さを見出していて、本当にすごいと思いました。私は普通《ふつう》に素通りしていたし、それが当たり前だと思っていたので、先生の話はとても鮮明《せんめい》で刺激《しげき》のあるものでした。

生徒M

二〇〇ページくらいあるこの本には多くの名言がある。本をあまり読まない僕《ぼく》にとって、今回は目を醒《さ》まさせてくれる素晴らしい授業でした。

僕《ぼく》の頭に最も残ったのは、「文学では、想像することに意味がある」ということです。もちろんどのようなイメージをするかは人によって全く違《ちが》います。これは読者の自由ですし、そのように〝想像する〟ことで時には一文だけでも楽しめます。また、想像することで文学を読み深めることができます。僕《ぼく》は、これから文学作品を読む時は本を自分のものにするように読み深めたいです。

生徒N

普段《ふだん》あまり使うことのない「ぴあぴあ」や「びいびい」といった言葉が文中で使われていたことにとても驚《おどろ》きました。授業を聞いて、これらは作者である中勘助の独特な世界観から生まれたものだと分かった。同じ出来事について文章を書いたとしても、一人ひとり違《ちが》ったものになっていきます。改めて、これが国語の面白さであると思いました。これを機会に、単に本の内容を楽しむだけでなく、表現方法などにも注目して読書を楽しみたいです。

生徒O

授業では、作品の内容について「この作品はどうだ、あの場面はああだ」という様な国語の授業のようではなく、作品を通して「読書」の本質を講義してくださった。一番印象が強いのは、読んだ本を自分だけのものにするべきだ、という話だ。本に書き込《こ》みをしていた人がいないと分かった時、齋藤先生はもったいないとおっしゃった。書き込みは、自分がその本を読んだという読書体験の証で、自分にしか作れない書き込みをすることで自分だけの「本」が出来上がるのだという。本は出来るだけまっさらな状態で保管しておきたかった私にとってはとても新鮮《しんせん》な考え方だった。家に帰ると、今持っている本と同じ本を書き込むために買った。

※授業後、学校に提出された感想文より抜粋《ばっすい》して掲載《けいさい》しました。

読書の幅を広げる文学45——齋藤孝 選

短編を少しずつ読む

芥川龍之介『地獄変・邪宗門・好色・藪の中 他七篇』岩波文庫
志賀直哉『小僧の神様・城の崎にて』新潮文庫
村上春樹『中国行きのスロウ・ボート』中公文庫
森鷗外『山椒大夫・高瀬舟』新潮文庫
O・ヘンリ『O・ヘンリ短編集』新潮文庫（大久保康雄訳）
グレイス・ペイリー『最後の瞬間のすごく大きな変化』文春文庫（村上春樹訳）
ポオ『黄金虫・アッシャー家の崩壊 他九篇』岩波文庫（八木敏雄訳）

短い文学を読み切る

谷崎潤一郎『春琴抄』新潮文庫
深沢七郎『楢山節考』新潮文庫
カフカ『変身』新潮文庫（高橋義孝訳）
カミュ『異邦人』新潮文庫（窪田啓作訳）

ソポクレス『オイディプス王』岩波文庫（藤沢令夫訳）
テネシー・ウィリアムズ『欲望という名の電車』新潮文庫（小田島雄志訳）
チェーホフ『かもめ・ワーニャ伯父さん』新潮文庫（神西清訳）

王道を読み進める

川端康成『雪国』新潮文庫
太宰治『走れメロス』新潮文庫
夏目漱石『坊っちゃん』新潮文庫
ゲーテ『ファウスト』中公文庫（手塚富雄訳）
シェイクスピア『マクベス』新潮文庫（福田恆存訳）
ドストエフスキー『カラマーゾフの兄弟』新潮文庫（原卓也訳）
ニーチェ『ツァラトゥストラ』中公文庫（手塚富雄訳）

自分の血肉とする

司馬遼太郎『坂の上の雲』文春文庫
吉野源三郎『君たちはどう生きるか』岩波文庫

サン＝テグジュペリ『人間の土地』新潮文庫（堀口大學訳）
スタインベック『ハツカネズミと人間』新潮文庫（大浦暁生訳）
バルザック『ゴリオ爺さん』新潮文庫（平岡篤頼訳）
プラトン『ソクラテスの弁明　クリトン』岩波文庫（久保勉訳）
リチャード・バック『かもめのジョナサン』新潮文庫（五木寛之訳）

本格長編に挑戦

セルバンテス『ドン・キホーテ』岩波文庫（牛島信明訳）
トーマス・マン『魔の山』岩波文庫（関泰祐、望月市恵訳）
トルストイ『アンナ・カレーニナ』新潮文庫（木村浩訳）
プルースト『失われた時を求めて』岩波文庫（吉川一義訳）
ユゴー『レ・ミゼラブル』新潮文庫（佐藤朔訳）
ロマン・ロラン『ジャン・クリストフ』岩波文庫（豊島与志雄訳）

日本語をじっくり味わう

鴨長明『方丈記』ちくま学芸文庫（浅見和彦校訂・訳）
中島敦『山月記・李陵　他九篇』岩波文庫
中原中也『汚れつちまつた悲しみに……』集英社文庫

樋口一葉『にごりえ・たけくらべ』岩波文庫
宮沢賢治『宮沢賢治詩集』岩波文庫（谷川徹三編）
吉田兼好『徒然草』岩波文庫（西尾実、安良岡康作校注）

あのころの感情を思い返す

谷川俊太郎『二十億光年の孤独』集英社文庫
中上健次『十九歳の地図』河出文庫
スティーヴン・キング『スタンド・バイ・ミー』新潮文庫（山田順子訳）
チャールズ・ブコウスキー『勝手に生きろ！』河出文庫（都甲幸治訳）
ヘルマン・ヘッセ『デミアン』新潮文庫（高橋健二訳）

Special Thanks（筑波大学附属中学校でご協力いただいたみなさん。敬称略）

相川佳音、阿江伸太朗、秋吉一寿、小穴晃平、大谷深那津、小川志穂、
小野寺絢美、神代亜子、佐竹奈緒、佐藤真子、島田真緒、嶋津円香、武田優希、
内藤馨、中原慧也、平元美帆、牧野真也、森薫子、依藤匡志、渡辺麗（以上、中学生）
小林美礼、多田義男、秋田哲郎（以上、先生）

［画像提供］
中原中也記念館……50ページ
林風舎……53ページ
国立国会図書館ウェブ……62、100ページ
日本近代文学館……89、121ページ
ユニフォトプレス……63、78、118、119ページ

編集協力／太田美由紀、牟田都子
授業撮影／丸山 光
表紙イラスト／竹田嘉文
協力／NHK エデュケーショナル
図書館版制作協力／松尾里央、石川守延（ナイスク）
図書館版表紙デザイン・本文組版／佐々木志帆（ナイスク）

本書は、2017年10月18日に東京の筑波大学附属中学校で行われた「齋藤孝 特別授業」をもとに、加筆を施したうえで構成したものです。なお引用については、中勘助『銀の匙』（新潮文庫、第1刷）に拠っています。編集部で適宜ルビを入れたところがあります。このテーマの放送はありません。

齋藤 孝（さいとう・たかし）

1960年、静岡県生まれ。明治大学文学部教授。東京大学法学部卒業後、同大学院教育学研究科博士課程を経て現職。専門は教育学、身体論、コミュニケーション技法。NHK Eテレ「にほんごであそぼ」の総合指導を務めるなど、子供の教育に力を入れている。著書に『身体感覚を取り戻す』（NHKブックス、新潮学芸賞受賞）、『声に出して読みたい日本語』（草思社、毎日出版文化賞特別賞受賞）、『読書力』『コミュニケーション力』（ともに岩波新書）、訳書に『現代語訳 学問のすすめ』『現代語訳 論語』（ともにちくま新書）ほか多数。

図書館版 NHK100分de名著 読書の学校

齋藤孝 特別授業『銀の匙』

2019年2月20日 第1刷発行

著 者 齋藤 孝

発行者 森永公紀
発行所 NHK出版
〒150-8081 東京都渋谷区宇田川町41-1
電話 0570-002-042（編集）
0570-000-321（注文）
ホームページ http://www.nhk-book.co.jp
振替 00110-1-49701
印刷・製本 廣済堂

ISBN978-4-14-081767-4 C0090